Thomas M. Meine

Das Geheimnis derer von Kralitz und andere Horrorgeschichten

DAS GEHEIMNIS DERER VON KRALITZ
von Henry Kuttner
Publiziert im Magazin 'Weird Tales'
im Jahre 1936

DIE GOLGOTA TÄNZER
von Manly Wade Wellman
Publiziert im Magazin 'Weird Tales'
im Jahre 1937

DIE VERLORENE TÜR
von Dorothy Quick
Publiziert im Magazin 'Weird Tales'
im Jahre 1936

MASKE DES TODES
von Paul Ernst
Publiziert im Magazin 'Weird Tales'
im Jahre 1936

Bibliografische Information der Deutschen Nationalbibliothek

Die Deutsche Nationalbibliothek verzeichnet diese Publikation in der

Deutschen Nationalbibliografie; detaillierte bibliografische Daten sind im Internet über http://dnb.dnb.de abrufbar.

Herstellung und Verlag:

BoD - Books on Demand, Norderstedt

2. Auflage August 2020
ISBN 9 783751 978316

INHALT

Das Geheimnis derer von Kralitz

*Die Geschichte einer schockierenden Offenbarung
für den einundzwanzigsten Baron Kralitz*

Ich erwachte aus einem tiefen Schlaf und entdeckte zwei schwarz eingehüllte Gestalten, die neben mir standen und deren Gesichter wie undeutliche Bilder in der Finsternis waren. Als ich blinzelte, um meine schlaftrunkenen Augen klar zu bekommen, gab einer von ihnen ungeduldige Zeichen, und ich erkannte sofort den Grund für diese mitternächtliche Zusammenkunft.

Ich hatte sie schon seit Jahren erwartet, seit mein Vater, der Baron Kralitz, mir das Geheimnis offenbart hatte, das über unserem alten Haus schwebt. Und so, ohne ein Wort, erhob ich mich und folgte meinen Führern, als sie mich die düsteren Korridore des Schlosses entlangführten, das seit meiner Geburt mein Zuhause war.

Als ich vorwärtsging, erhob sich vor meinen Gedanken das ernste Gesicht meines Vaters, und in meinen Ohren klangen die feierlichen Worte, als er mir von dem legendären Fluch erzählte, der auf dem Haus Kralitz liegt, das unbekannte Geheimnis, das an den ältesten Sohn jeder Generation weitergegeben wurde – 'zu einem bestimmten Zeitpunkt'.

»Wann?«, hatte ich meinen Vater gefragt, als er auf dem Totenbett lag und gegen das Herannahen des Verfalls ankämpfte.

»Wenn du in der Lage bist, es zu verstehen«, hatte er mir gesagt. Dabei betrachtete er aufmerksam mein Gesicht mit einem Blick, der von unterhalb seiner weißen Augenbrauen kam. »Manchen wird das Geheimnis früher offenbart als anderen. Seit dem ersten Baron von Kralitz wurde das Geheimnis weitergereicht – «

Er klammerte sich an seine Brust und hielt inne. Es dauerte volle fünf Minuten, bevor er seine Kräfte wieder beisammen hatte, um dann in seiner rollenden, kraftvollen Stimme zu sprechen. Kein Keuchen, sondern Bekenntnisse auf dem Totenbett für den Baron Kralitz!

Schließlich sagte er, »du hast die Ruinen des alten Klosters in der Nähe des Dorfes gesehen, Franz. Der erste Baron Kralitz hat es niedergebrannt und die Mönche dem Schwert ausgeliefert. Der Abt hatte sich zu oft in die Launen des Barons eingemischt. Ein Mädchen hat Unterschlupf gesucht und der Abt hatte sich geweigert, sie auf Aufforderung des Barons herauszugeben. Seine Geduld war am Ende – du kennst die Geschichten, die man sich immer noch über ihn erzählt. Er ermordete den Abt, brannte das Kloster nieder und nahm das Mädchen. Bevor er das tat, verfluchte der Abt seinen Mörder und verfluchte auch seine Söhne bis in die noch nicht geborenen Generationen hinein. Und es ist die Art dieses Fluchs, welche das Geheimnis unseres Hauses ist.«

»Ich darf dir nicht sagen, was der Fluch ist. Versuche nicht, ihn zu ergründen, bevor er dir gegenüber offengelegt wird. Warte geduldig ab, und du wirst rechtzeitig von den Wächtern des Geheimnisses die Treppe zu den Höhlen im Untergrund hinuntergeführt werden. Dort erfährst du das Geheimnis von Kralitz.«

Als die letzten Worte aus dem Mund meines Vaters kamen, starb er, und sein ernstes Gesicht hatte immer noch seine scharfen Linien.

Selbst in meinen tiefsten Erinnerungen hatte ich unseren jetzigen Weg nie wahrgenommen, aber nun hielten die dunklen Gestalten meiner Führer neben einem Spalt in der Steinplatte an, wo eine steinerne Treppe, die ich nie zuvor bei meinen Ausflügen im Schloss gesehen hatte, in unterirdische Tiefen führte.

Ich wurde diese Treppe hinunter geleitet, und bald bemerkte ich, dass es da irgendein Licht gab – ein trübes, phosphoreszierendes Strahlen, das von einer nicht zu bestimmenden Quelle kam. Es erschien weniger echtes Licht zu sein als die Gewöhnung meiner Augen an die beinahe Dunkelheit.

Es ging eine geraume Zeit nach unten. Die Treppe drehte und wand sich im Fels und die wippenden Gestalten vor mir waren die einzige Abwechslung in der Eintönigkeit des nicht enden wollenden Abstiegs.

Schließlich, tief im Untergrund, endete die lange Treppe. Ich starrte über die Schultern meiner

Führer auf die große Tür, die mir den Weg versperrte. Sie war grob aus dem soliden Stein herausgehauen, und darüber befanden sich eigenartige und seltsam beunruhigende Eingravierungen, Symbole, die ich nicht wiedererkennen konnte. Sie schwang auf. Ich ging hindurch, hielt inne und starrte um mich durch ein großes Nebelmeer.

Ich stand auf einem sanft abfallenden Hang der sich in die vom Nebel verhüllte Weite neigte und aus der ein Tumult von gedämpftem Gebrüll kam und hochtoniges, schrilles Quietschen, fast so wie ein obszönes Lachen. Dunkle, kaum sichtbare Formen wurden durch den Dunst hindurch sichtbar und verschwanden wieder und oberhalb schwebten große, undeutliche Schatten auf geräuschlosen Flügeln.

Fast direkt neben mir stand ein langer, rechteckiger Steintisch, und an diesem Tisch saßen zwei Gruppen von Männern, die mich aus Augen beobachteten, die glanzlos aus ihren Höhlen leuchteten.

Meine beiden Führer nahmen still unter ihnen Platz.

Und dann begann sich plötzlich der dicke Nebel zu lichten. Stoßweise wurde er durch den Hauch eines kühlen Windes beiseite geräumt. Als der Dunst sich langsam auflöste, wurden die weit entfernten, schummrigen Abschnitte der Höhle enthüllt. Ich stand still da, in den Klauen einer mächtigen Angst und, seltsamerweise mit einem ebenso starken, unerklärbaren Nervenkitzel der Freude. Jeder Teil meines Verstands schien zu fragen, »was ist das für ein Grauen« und ein anderer Teil flüsterte, »du kennst diesen Ort.«

Ich konnte ihn aber niemals zuvor gesehen haben. Wenn ich gewusst hätte, was sich da tief unter dem Schloss befindet, hätte ich nachts niemals schlafen können, wegen der Angst, die mich verfolgt hätte. Denn als ich still dastand, mit Strömungen von Schrecken und Ekstase, die sich bekämpften und mich durchfluteten, sah ich die seltsamen Bewohner der Unterwelt.

Dämonen, Monster, unbeschreibliche Dinge! Kolosse aus einem Albtraum schlichen brüllend durch die Nebelschwaden, und formlose graue Wesen, wie gigantische Nacktschnecken, gingen aufrecht auf stämmigen Beinen.

Kreaturen aus einem konturlosen, weichen Brei, Wesen mit flammenden Augen, verstreuten sich über die missgebildeten Körper wie der sagenumwobene Riese Argus und wandten und drehten sich in dem bösen Schein.

Geflügelte Wesen, die keine Fledermäuse waren, stießen herab und flatterten in der finsteren Umgebung und gaben ein flüsterndes Zischen von sich – ein Zischen in *menschlichen* Stimmen.

Weit entfernt am Fuße des Abhangs konnte ich den kalten Glanz von Wasser sehen, ein versteckter, sonnenloser See. Gestalten, die glücklicherweise durch die Entfernung und das Halbdunkel fast versteckt waren, tummelten sich herum, schrien und wühlten die Oberfläche des Sees auf, dessen Größe ich nur erahnen konnte.

Und ein lederartiges Ding, dessen Flügel sich wie ein Zelt über mir ausbreiteten, kam herunter und schwebte für eine Weile herum, starrte dabei mit flammenden Augen und schoss dann davon und ging in der Düsterheit verloren.

Und die ganze Zeit über, wie es mich vor Angst und Abscheu schauderte, war diese üble Freude in mir – diese Stimme, die flüsterte, »du kennst diesen Platz! Du gehörst hierher. Ist es nicht gut, zu Hause zu sein?«

Ich blickte hinter mich. Die große Tür hatte sich leise geschlossen und ein Entkommen war unmöglich geworden. Und dann kam mir mein Stolz zu Hilfe. Ich war ein Kralitz, und ein Kralitz würde keine Furcht zulassen, selbst in Angesicht mit dem Teufel selbst.

Ich trat vor und sah den Wächtern ins Gesicht, die immer noch auf ihren Plätzen saßen und mich aufmerksam aus ihren Augen betrachteten, in denen ein schwelendes Feuer zu brennen schien.

Ich kämpfte eine verrückte Furcht nieder, dass ich vor mir eine Ansammlung von fleischlosen Skeletten finden würde, und begab mich an den Kopf des Tisches, wo sich eine Art von plump gefertigtem Thron befand, und schaute genau auf die stille Gestalt zu meiner Rechten.

Es war kein blanker Schädel, auf den ich starrte, sondern ein bärtiges, totenbleiches Gesicht. Die geschwungenen, üppigen Lippen waren purpurrot und sahen fast wie geschminkt aus, und die trüben Augen starrten kalt durch mich hindurch. Unmenschliches Leid hatte sich in tiefen Linien in das Gesicht eingeätzt und nagende Qualen schwelten in den eingesunkenen Augen.

Es ist mir nicht möglich, die vollkommene Fremdartigkeit wiederzugeben, die Atmosphäre der Jenseitigkeit, die ihn umgab. Fast so spürbar wie der übel riechende Grabgestank, der aus seinen Kleidern quoll. Er winkte mit einem schwarz verhüllten Arm zu dem freien Platz am Kopf des Tisches, und ich setzte mich nieder.

Dieses albtraumhafte Gefühl der Unwirklichkeit, es schien, als wäre ich in einem Traum, wo ein versteckter Teil meines Verstands langsam aus dem Schlaf erwacht und in ein böses Leben hinübergeht, dass die Macht über meine Fähigkeiten übernimmt.

Auf dem Tisch befanden sich altmodische Kelche und Schneidebretter, wie man sie für Hunderte von Jahren nicht mehr benutzt hat. Es gab Fleisch auf den Brettern und ein rotes alkoholisches Getränk in den juwelenbesetzten Kelchen.

Ein schwerer, überwältigender Duft kroch in meine Nasenflügel, vermischt mit dem Grabgeruch meiner Gefährten und dem modrigen Gestank eines dunklen und sonnenlosen Ortes.

Jedes weiße Gesicht war mir zugewandt, Gesichter, die mir eigentümlich bekannt vorkamen, obwohl ich nicht wusste, warum.

Jedes Gesicht glich sich mit seinen blutroten, sinnlichen Lippen und seinem Ausdruck von nagenden Qualen, und schwarze Augen, wie entsetzliche Tiefen der Unterwelt, starrten auf mich, bis ich die kleinen Härchen in meinem Nacken sträubten.

Aber – ich war ein Kralitz! Ich stand auf und sagte kühn in einem altmodischen Deutsch, das irgendwie vertraut auf meine Lippen kam, »ich bin

Franz, einundzwanzigster Baron Kralitz. Was habt ihr mit mir vor?«

Ein Gemurmel der Zustimmung ging um den langen Tisch herum. Dann kam Unruhe auf.

Am Ende der Tischplatte erhob sich ein riesiger Mann, ein Mann mit einer furchterregenden Narbe, welche die linke Seite seines Gesichts zu einem Schreckensanblick von vernarbtem Gewebe machte.

Und wieder durchflutete mich die seltsame Erregung von Vertrautheit. Ich hatte dieses Gesicht schon einmal gesehen, und ich erinnerte mich dunkel, als ich durch das trübe Zwielicht sah.

Der Mann sprach in dem alten gutturalen Deutsch. »Wir grüßen dich, Franz, Baron Kralitz. Wir grüßen dich und trinken auf dich, Franz – und trinken auf das Haus Kralitz.«

Als er das gesagt hatte, ergriff er den Kelch vor sich und hielt ihn die Höhe.

Am ganzen Tisch entlang erhoben sich die schwarz Eingehüllten, und jeder von ihnen hielt

17

seinen juwelenbesetzten Krug hoch und trank auf mich.

Sie tranken viel, genossen den Alkohol, und ich machte die Verbeugung, die der Brauch verlangte. Ich sprach mit Worten, die mir fast ungebeten aus dem Mund kamen:

»Ich grüße Euch, die ihr die Wächter des Geheimnisses von Kralitz seid, und trinke auch auf Euch.«

Überall um mich herum, bis in die entferntesten Winkel der düsteren Höhle, kam eine Stille herab und das Gebrüll und Geheule und das verrückte Gekichere der herumfliegenden Wesen waren nun nicht länger zu hören.

Meine Gefährten lehnten sich mir mit voller Erwartung entgegen. Ich stand alleine am Kopf der Tischplatte, hob meinen Kelch und trank. Der Alkohol war berauschend, belebend, mit einem leicht salzigen Geschmack.

Und plötzlich wusste ich, warum mir das vom Schmerz gezeichnete, ruinierte Gesicht meines Gefährten vertraut vorkam. Ich hatte es oft zwischen den Porträts meiner Vorfahren gesehen, die runzligen, entstellen Gesichtszüge des Gründers des Hauses Kralitz, das aus dem Dunkel der großen Halle herunterblickte.

In diesem starken weißen Licht der Enthüllung wusste ich dann, wer meine Gefährten waren. Ich erkannte sie, einen nach dem anderen, und erinnerte mich an ihre auf Leinwand gemalten Gegenstücke.

Etwas hatte sich aber verändert! Wie ein undeutlicher Schleier lag der Makel von unauslöschlichem Übel auf den gequälten Gesichtern meiner Gefährten, der ihre Züge seltsam veränderte, sodass ich nicht immer sicher sein konnte, dass ich sie erkannte.

Ein bleiches, höhnisches Gesicht erinnerte mich an meinen Vater, aber ich konnte mir nicht sicher sein, so außerordentlich war sein Ausdruck verändert.

Ich speiste mit meinen Vorfahren – dem Haus von Kralitz!

Mein Kelch war immer noch hoch erhoben, und ich leerte ihn, denn irgendwie kam die grimmige Enthüllung nicht unerwartet.

Ein seltsames Glühen schoss durch meine Adern, und ich lachte laut auf, denn böse Freude steckte in mir. Auch die anderen lachten, ein tiefstimmiges Gelächter, wie das Heulen der Wölfe – gequältes Gelächter von Männern auf der Streckbank, verrücktes Lachen der Hölle!

Und überall durch die dunstige Höhle kam der Aufschrei der Teufelsbrut! Große Gestalten, die viele Spannen hoch waren, erschütterten alles mit ihren donnernden Schreien, und oberhalb kicherten verschlagen die herumfliegenden Wesen.

Und heraus aus der riesigen Weite schwebte die Wolke von furchterregender Ausgelassenheit, bis die kaum sichtbaren Geister in dem schwarzen Gewässer ihre Schreie ausstießen, die an meinem Trommelfell zerrten, und das unsichtbare Dach oberhalb schickte brüllende Echos des Lärms zurück.

Und ich lachte mit ihnen, lachte wie verrückt, bis ich erschöpft auf meinen Sitz fiel und den entstellten Mann am anderen Ende des Tisches beobachtete, als er sprach.

»Du bist es wert, einer von unserer Gesellschaft zu sein und wert, am gleichen Tisch zu essen. Wir haben alle auf uns getrunken, und du bist einer von uns. Wir werden zusammen essen.«

Und wir machten uns wie hungrige Tiere über das saftige weiße Fleisch auf den juwelenbesetzten Schneidbrettern her. Seltsame Monster bedienten uns, und bei einem kühlen Griff an meinem Arm drehte ich mich um und sah ein schreckliches, blutrotes Ding, wie ein kleines Kind, das meinen Kelch auffüllte.

Seltsam, seltsam und überaus lasterhaft war unser Gelage. Wir riefen und lachten und schlugen uns den Magen voll in dem Dämmerlicht, während überall um uns herum die üble Horde donnerte. Es war die Hölle unter dem Schloss Kralitz, und sie war in Fastnachtsstimmung in dieser Nacht.

Bald sangen wir ein wildes Trinklied und schwangen die tiefen Kelche hin und her im Rhythmus mit unserem heraus gebrüllten Gesang.

Es war ein uraltes Lied, aber die längst überholten Worte waren kein Hindernis, denn ich brachte sie heraus, als hätte ich sie auf den Knien meiner Mutter gelernt, und bei dem Gedanken an sie rannte plötzlich ein Zittern und eine Schwäche durch mich hindurch, aber ich verbannte alles mit einem Schluck des berauschenden Alkohols.

Lange, lange grölten wir und sangen und zechten in der großen Höhle, und nach einer Weile erhoben wir uns und strömten an eine Stelle, wo eine enge, hoch gewölbte Brücke das finstere Gewässer des Sees überspannte.

Ich darf aber nicht über das sprechen, was am anderen Ende der Brücke war, noch die unbeschreibbaren Dinge, die ich sah – und tat!

Ich erfuhr von den pilzartigen, unmenschlichen Wesen, die an dem weiten kalten Yuggoth leben, von den zyklopenhaften Gestalten, die den niemals schlafenden Cthulhu in seiner unterseeischen Stadt begleiten, und von den seltsamen Freuden, denen die Anhänger des aussätzigen, unterirdischen Yog-Sothoth nachgehen, und ich erfuhr auch von der unglaublichen Weise, in welcher Iod – die Quelle – in den äußeren Galaxien verehrt wird.

Ich ergründete die schwärzesten Löcher der Hölle und kam zurück – lachend. Ich war eins mit dem Rest dieser dunklen Wächter, und ich tat mich mit ihnen zusammen in dem ausgelassenen Fest des Schreckens, bis der vernarbte Mann wieder zu uns sprach.

»Unsere Zeit geht zu Ende«, sagte er, und sein vernarbtes, bärtiges Gesicht sah in dem Dämmerlicht aus, wie das von einem Wasserspeier.»Du bist ein echter Kralitz, Franz, und wir werden uns wiedersehen und wieder feiern und uns vergnügen, für eine längere Zeit, als du es dir vorstellen kannst.«

»Bitte noch einen letzten Trinkspruch!«, sagte er dann. Ich tat ihm den Gefallen. »Auf das Haus Kralitz! Möge es niemals untergehen!«

Und mit frohlockenden Rufen tranken wir die herben Reste des Alkohols. Dann überfiel mich eine seltsame Erschöpfung.

Zusammen mit den anderen drehte ich der Höhle den Rücken zu, und auch den Gestalten, die dort herumstolzierten und brüllten und krabbelten, und ich ging hoch durch das steinerne Portal.

Wir gingen die Treppe nach oben, hoch und höher, endlos, bis wir schließlich durch die klaffende Öffnung in den Steinplatten hinausgingen.

Wir gingen weiter, eine dunkle und schweigende Gesellschaft, und zurück durch diese endlosen Korridore. Die Umgebung begann seltsam vertraut zu werden, und plötzlich erkannte ich sie.

Wir waren in dem riesigen Grabgewölbe unter dem Schloss, wo die Barone Kralitz feierlich beerdigt waren.

Jeder Baron lag in seinem Steinsarg in seiner separaten Kammer, und jede Kammer lag, wie die

Perlen an einer Halskette, neben der anderen, sodass wir uns vom am weitesten entfernten Grab des ersten Baron Kralitz in Richtung der unbelegten Kammern bewegten.

Gemäß einem uralten Brauch, war jede Grabstelle offen, wie ein leeres Mausoleum, bis die Zeit für deren Gebrauch gekommen war und wenn der große Steinsarg mit der eingravierten Gedenkaufschrift an seinen Platz getragen wurde.

Es war in der Tat bestens geeignet, das Geheimnis von Kralitz hier zu verstecken.

Plötzlich stellte ich fest, dass ich allein war, ausgenommen der bärtige Mann mit der entstellenden Narbe. Die anderen waren verschwunden, und ich hatte sie, tief in meinen Gedanken versunken, auch nicht vermisst.

Mein Begleiter streckte seinen schwarz verhüllten Arm aus und unterbrach mein Weitergehen.

Ich drehte mich fragend zu ihm hin.

Er sagte mit seiner volltönenden Stimme, »ich muss dich nun verlassen. Ich muss zurück an meinen eigenen Platz«, und er zeigte auf den Weg, auf dem wir gekommen waren.

Ich nickte, denn ich hatte meine anderen Gefährten bereits als diejenigen erkannt, die sie waren. Ich wusste, dass jeder Baron Kralitz in seine Grabkammer gelegt worden war, nur um wieder als Monsterwesen aufzuerstehen, weder tot noch am Leben, um in die Höhle dort unten abzusteigen und an dem teuflischen Schreckensfest teilzunehmen.

Ich hatte auch wahrgenommen, dass sie bei Herankommen der Morgendämmerung in ihre Steinsärge zurückgekehrt sind, um dort in todesgleicher Trance zu liegen, bis die untergehende Sonne ihnen eine kurze Befreiung brachte. Meinen eigenen okkulten Studien hatten mich in die Lage versetzt, diese schrecklichen Manifestationen zu erkennen.

Ich verbeugte mich vor meinem Gefährten und wäre weiter auf meinem Weg in die oberen Teile des Schlosses gegangen, aber er versperrte mir wieder den Weg.

Er schüttelte langsam seinen Kopf, und seine grässliche Narbe zeigte sich in dem phosphoreszierenden Dämmerlicht.

Ich fragte, »kann ich jetzt nicht gehen?«

Er starrte mit gequälten, glühenden Augen auf mich, die schon in die Hölle gesehen hatten, und er zeigte auf etwas, das neben mir stand.

Blitzartig, wie in einer alptraumhaften Wahrnehmung, erkannte ich das Geheimnis von Kralitz.

Da kam nun das Wissen zu mir, das aus meinem Gehirn ein furchterregendes Etwas machte, in dem Gestalten der Dunkelheit für immer herumwirbeln und kreischen; die grauenhafte Erkenntnis, *wann* jeder Baron Kralitz in die Bruderschaft eingeführt wird.

Ich wusste – ich *wusste* – dass noch niemals ein unbelegter Sarg in die Gruft gestellt wurde, und ich las auf dem steinernen Sarkophag zu meinen Füßen die Inschrift, die mir mein Schicksal bestätigte – meinen eigenen Namen:

'*Franz, einundzwanzigster Baron Kralitz*'.

Die Golgota Tänzer

Eine kuriose und Furcht einflößende Geschichte über einen Künstler, der seine Seele verkaufte, um ein lebendes Bild malen zu können.

Ich bin ins Kunstmuseum gekommen, um die Sonderausstellung von Goya-Drucken zu sehen, aber dieser besondere Teil der Galerie war so überlaufen, dass ich kaum hineinkommen, geschweige denn etwas genießen konnte. Deshalb ging ich gleich wieder hinaus.

Ich schlenderte durch die anderen Flügel mit ihren Reihen und Reihen von Ölgemälden, den griechischen und römischen Skulpturen, den streng aufgereihten mittelalterlichen Waffen, dem orientalischen Porzellan, den ägyptischen Göttern.

Schließlich kam ich, zufällig und nicht geplant, zum Abgang einer rückwärtigen Treppe. Andere 'Habitués' des Metropolitan Museum of Art, die Stammkunden, werden wissen, welche ich meine, wenn ich sie daran erinnere, dass das Bild von Arnold Böcklin 'Die Toteninsel' an der Wand beim Treppenabsatz hängt.

Ich begab mich nach unten und genoss schon vorher den Eindruck, den Böcklins Bild machen würde, mit seinen hohen, braunen Felsen und schwarzen Pappeln, dessen mitternächtlicher Himmel und trüber Wasseroberfläche und der besonderen weißen Gestalt, die aufrecht in dem zur Landungsstelle fahrenden Ruderboot steht.

Als ich aber nach unten ging, sah ich, dass 'Die Toteninsel' nicht an ihrem angestammten Platz an der Wand hing. An dieser Stelle befand sich nun ein Gemälde in einem vergoldeten Rahmen, dass einen, selbst in dem schlechten Licht und aus dem oberhalb liegenden Blickwinkel von der Treppe aus, faszinierte und von dem ich in den Jahren meiner Museumsbesuche noch niemals etwas gesehen oder gehört hatte.

Ich starrte es an, wie man sich vorstellen kann, den ganzen Weg über runter zum Treppenabsatz. Dann betrachtete ich es von Nahem mit einem suchenden Auge und schließlich noch mit einem prüfenden, starren Blick vom Rand des Absatzes oberhalb der unteren Hälfte der Treppe. Soweit ich weiß – und ich habe meine Studien mit

Sorgfalt durchgeführt – ist dieses Ding selbst den bestinformierten Kunstexperten unbekannt. Vielleicht wäre es gut, wenn ich es hier erst einmal genauer beschreibe.

Es schien eine Handlung auf einem kleinen Plateau oder flachen Felsen darzustellen, trist und kahl, mit einem Abendhimmel, der sich in eine sternlose Nacht vertieft.

Diese Umgebung, zurückhaltend in Blaugrau und Blauschwarz ausgearbeitet, war jedoch nicht das Erste, was ins Auge stach. Der Vordergrund des Bildes war voller lebhaft herumtanzenden Kreaturen, so rosa, mollig und nackt wie Putti und so offenkundig böse wie die Meditationen Satans in seinen selten müßigen Momenten.

Ich zählte die Tänzer. Es gab zwölf von ihnen, die sich in einem Halbkreis befanden, und sie tobten mit augenscheinlichem Entzücken um ein Objekt in der Mitte herum – ein flach liegendes Kreuz, das aussah, als hätte man es aus kräftigen Holzstämmen gemacht, die noch etwas von der Rinde hatten.

Bei diesem Kreuz befand sich ein Paar dieser rosa Dinger – das macht insgesamt vierzehn von ihnen – die klobige Hämmer oder Axtrücken schwangen und eine menschliche Gestalt festnagelten.

Ich sage menschlich, wenn ich von dieser Gestalt spreche, und halte mich mit diesem Begriff zurück, wenn ich die Tänzer und ihre hammerschwingenden Kameraden beschreibe. Es gibt einen Grund dafür.

Das auf dem Rücken liegende Opfer auf dem Kreuz war ein sehr schön abgebildeter männlicher Körper, so klar und anatomisch korrekt wie in einem chirurgischen Handbuch. Der Kopf krümmte sich vor Schmerz. Ich konnte das Gesicht oder den Ausdruck darin nicht sehen, aber in den vor Schmerz angespannten Muskeln, in dem grauweißen Glanz der Haut, mit gezackten Streifen voller Blut, zeigten sich die Qualen deutlich und überdeutlich.

Ich konnte an den gemalten Glieder fast erkennen, wie sie sich gegen die durchgehenden Nägel stemmten. Ebenso waren die Tänzer und

Hammerschwinger so dynamisch dargestellt, dass sie sich vor meinen Augen fast bewegten.

So viel zu den soliden handwerklichen Fertigkeiten des Künstlers.

»Bleiben Sie stehen!«, kam eine scharfe Aufforderung von den hinteren Treppenstufen oberhalb von mir. »Was machen Sie? Und was macht das Bild dort?«

Ich schrak dermaßen zusammen, dass ich fast das Gleichgewicht verlor und auf den Rufenden gefallen wäre – einer der Wächter des Museums.

Er war ein etwas älterer Bursche und sein dünnes Haar war grau, aber er kam mir mit all der rechtschaffenen, stürmischen Courage eines bulligen Polizisten entgegen. Seine Haltung überraschte und verärgerte mich.

»Ich war dabei, jemandem die gleiche Frage zu stellen«, sagte ich, so ernst wie es mir möglich war. »Was ist das mit diesem Bild? Ich dachte, hier würde ein Böcklin hängen.«

Beim ersten Klang meiner Stimme gab der Wächter seine abweisende Haltung auf. »Oh, ich bitte um Verzeihung, Sir. Ich dachte, Sie wären jemand anders – der Mann, der dieses Machwerk gebracht hat.«

Er nickte in Richtung des Bildes und der feindliche Blick kam wieder in seine Augen zurück. »Es war so«, fuhr er fort, »dass er erst mit mir gesprochen hat und dann mit dem Kurator. Er sagte, das sei Kunst – große Kunst – und das Museum müsste es haben.«

Er hob seine Schultern in einem Achselzucken, oder vielleicht schauderte er. »Ich persönlich denke, dass es einfach nur bestialisch ist«, sagte er.

So war es auch, und ich wurde mir dessen bewusst, als ich es erneut anschaute. »Und das Museum hat es schließlich akzeptiert?«, sagte ich.

Er schüttelte seinen Kopf. »Oh, nein, Sir. Vor einer Stunde war er an der Hintertür mit dieser scheußlichen Kleckserei unter seinem Arm. Ich habe Teile der Unterhaltung mitbekommen. Er wurde schließlich beleidigend und man forderte ihn auf, zu verschwinden und das Bild mitzunehmen. Aber er muss irgendwie hier reingekommen sein und es selbst aufgehängt haben.«

Er ging näher an das Bild heran, so behutsam, als würde er erwarten, dass die rosa Tänzer herauskommen und auf ihn springen würden, und zeigte auf die untere Ecke des Rahmens. »Wenn es ein echtes Museumsstück wäre, hätten wir hier ein Schild mit dem Namen des Malers und dem Titel.«

Auch ich ging näher heran. Da war kein Schild, genau wie der Wächter sagte. Aber in der unteren linken Ecke der Leinwand waren unregelmäßige Buchstaben in bleicher Farbe auf dem dunklen Untergrund, die das Wort GOLGOTA ergaben. Unter diesen, in kleiner, kaum lesbarer Schrift:

'Ich habe meine Seele verkauft, damit ich ein lebendes Bild malen konnte'. Keine Unterschrift oder irgend ein anderer Hinweis auf die Identität des Künstlers.

In dem Moment hatte der Wächter ein großes, eingerahmtes Rechteck eindeckt, das gegen die Wand gelehnt war. »Hier ist das Bild, das er abgenommen hat«, informierte er mich mit ziemlicher Erleichterung. »Helfen Sie mir bitte, es zurückzuhängen, würden Sie das tun Sir?«

»Und sind Sie nicht der Meinung« – und hier wurde er fast wehmütig – »dass wir das andere Ding loswerden können, bevor jemand herausfindet, dass ich den verrückten Idioten an mir habe vorbeihuschen lassen?«

Ich fasste eine Ecke der 'Toteninsel' und hob sie an, um ihm dabei zu helfen, das Bild wieder aufzuhängen.

»Ich sage Ihnen was«, bot ich aus einem plötzlichen Impuls heraus an, »ich nehme dieses Golgota-Ding mit mir nach Hause, wenn Sie es wollen.«

»Würden Sie das wirklich tun?«, schrie fast vor Freude über den Vorschlag heraus. »Würden Sie das machen, um mir einen Gefallen zu tun?«

»Um mir einen Gefallen zu tun«, gab ich als Antwort. »Ich brauche ein weiteres Bild zu Hause.«

Und das Endergebnis war, dass er mich und das unerwünschte Bild aus dem Museum schmuggelte.

Kümmern Sie sich nicht darum, wie das gemacht worden ist. Ich habe, so wie es vonstattenging, genug getan, um seinen Job und mein eigenes Willkommensein da oben zu riskieren.

Es war erst, nachdem ich mein Taxi bezahlt hatte und das sperrige Parallelogramm aus Leinwand und Holz nach oben in mein Junggesellenappartement gewuchtet hatte, dass ich mich damit befasste, ob es wertvoll sein könnte. Ich habe es nie herausgefunden, aber von Anfang an war ich tief beeindruckt.

Über meinen eigenen Kamin gehängt, sah es so groß und so lebensecht aus wie ein Blick aus dem Fenster oder auf der Bühne im Theater. Die herumtollenden rosa Körper bekamen eine neue Ausleuchtung durch meine Lampe, ein Licht, das ihre Umrisse und Farbe hervorhob und verstärkte, aber keine neuen Details hervorbrachte.

Ich grübelte wieder über die kryptische Aufschrift: 'Ich habe meine Seele verkauft, damit ich ein lebendes Bild malen konnte'.

Ein lebendes Bild – war es das? Ich konnte es nicht beantworten. Trotz all meiner ehrlichen Freude an dieses Dingen kann ich weder als Experte noch als großer Kenner bezeichnet werden, was Kunst anbelangt.

Liebte ich dieses Golgota-Gemälde überhaupt? Da konnte ich mir ebenfalls nicht sicher sein.

Und was den Rest der Aufschrift anbelangt, über das Verkaufen einer Seele. Ich war davon außerordentlich fasziniert und ließ meine Gedanken über das Thema 'satanische Veranlagung und die Launen halb verrückter Maler' umherschweifen.

Als ich an diesem Abend in meinen Büchern las, musste ich meinen neuen Besitz immer und immer wieder ansehen. Manchmal erschien es lächerlich, manchmal unheimlich.

Kurz nach Mitternacht erhob ich mich, starrte noch einmal hin, und dann löschte ich das Licht der Wohnzimmerlampe.

Für einen Moment oder so schien es, dass ich diese Tänzer sehen konnte, so viele schwach-rosafarbene Silhouetten in der plötzlichen Dunkelheit. Ich ging in die Küche, um ein wenig Whisky und Wasser zu holen, und dann in mein Schlafzimmer.

Ich hatte Träume. In diesen war ich wieder ein Junge und meine Mutter und Schwester haben das Haus verlassen, um ins Theater zu gehen, wo — stellen Sie sich das vor — Richard Mansfield den Beau Brummel spielte. Mir, dem jüngsten, hatte man gesagt, zu Hause zu bleiben, um mich um problematischen Ofen zu kümmern.

Ich weinte ausgiebig in meiner frustrierenden Einsamkeit, und dann stolzierte Mansfield herein, in voller Montur des Beau Brummel. Er lachte mit goldener Stimme und streckte seine Hand zu einer herzlichen Begrüßung aus. Ich, der junge Bursche in meinen Träumen, streckte meine eigene Hand vor, aber dann war ich erschrocken, als er seinen

Griff nicht wieder löste. Ich zerrte und er lachte wieder. Das Goldene in seiner Stimme wurde plötzlich hart und kalt. Ich zerrte mit ganzer Kraft, und wachte auf.

Etwas hielt mich am Handgelenk fest.

In allerersten Moment des Erwachens wurde mir bewusst, dass der Raum mit den rosa Tänzern aus dem Bild gefüllt war, wild vor Freude und in flinker Bewegung. Sie hatten jetzt auch die Größe eines Mannes, oder fast so, wie man im Dunkeln im düsteren Schein des leuchtenden Holzes sehen konnte.

In dem kleinen Maßstab des Gemäldes erschienen sie nicht mehr als kindlich mollig, aber nun waren sie ekelhaft wie riesige, aufrecht stehende Kröten. Und als ich gänzlich aufgewacht war, rückten sie näher um mein Bett herum, ein bedrohlicher Ring von ihnen. Einer stand auf meiner rechten Seite und sein Griff, unbeholfen und zäh wie der von einem Affen, schloss sich um meinen Arm.

Ich sah und spürte das alles, wie ich es sage, in einem einzigen Moment.

Mit dem Gefühl kam die Wahrnehmung von Gefahr, so groß, dass ich nicht aufhören konnte, über das Unheimliche meiner Besucher nachzudenken.

Ich versuchte heftig, mich loszuschütteln. Im Moment gelang mir das nicht, und als ich um mich schlug und meinen Körper fast über das ganze Bett warf, schoss ein anderer Tänzer von der linken Seite heran. Er ergriff und umklammerte meinen anderen Arm.

Ich fühlte, mehr als ich es hörte, eine Welle von sanfter, wortloser Heiterkeit bei ihnen allen.

Mein Herz und meine Muskeln schienen zu versagen, und für kurze Zeit lag ich bewegungslos in einer Benommenheit des Schreckens,

»Das war kein Albtraum«, protestierte ich.

Sie lachte und bestritt diesen Punkt. Sie erzählte mir etwas über allerlei Arten der mentalen Verknüpfungen und deren Reflexion in lebhaften Träumen.

Um ihre Argumentation zu unterstützen, drehte sie sich zum Bild hin.

»Diese Inschrift von einem 'lebenden Bild' ist der Haken, an den ihr schlummernder Verstand das ganze Gefüge aufgehängt hat«, meinte sie, und ihre schlanke Fingerspitze berührte dabei das hingemalte Gekritzel.

»Ihr unterbewusstes Selbst hat das sehr wörtlich genommen«, fuhr sie fort, »es hat nicht verstanden, dass der Künstler gemeint hatte, sein Bild würde nur im bildlichen Sinn lebendig sein.«

»Sind Sie sicher, dass es das ist, was der Künstler gemeint hat?«, fragte ich, aber schließlich ließ ich mich von ihr überzeugen. Man kann sich vorstellen, wie sehr ich mich danach gesehnt hatte, überzeugt zu werden.

Sie mixte mir einen weiteren 'Highball' und einen kleinen für sich selbst. Als wir tranken, nannte sie mir ihren Namen – Miss Dolby – und schließlich verließ sie mich einer letzten, beruhigenden Bekräftigung.

Aber, Albtraum oder nicht, ich konnte in dieser Nacht nicht wieder einschlafen. Ich saß im Wohnzimmer zwischen den Lampen, rauchte und schaute in ein Buch nach dem anderen.

Unzählige Male fühlte ich, wie mein Blick wieder auf das Gemälde über dem Kamin gezogen wurde, mit dem Kreuz und dem festgenagelten, armen Kerl und die schimmernden rosa Tänzer.

Nachdem die aufgehende Sonne das Apartment mit seinem ehrenwerten Licht und mit Freude erfüllt hatte, fühle ich mich bedeutend ruhiger. Ich schlief den ganzen Morgen über, und am Nachmittag war ich geneigt, Miss Dolby zuzustimmen, dass die ganze Sache ein böser Traum gewesen war, nicht mehr.

Ich zog mich an, ging runter in die Halle, klopfte an ihre Tür und lud sie ein, mit mir zu Abend zu essen.

Es war ein gutes Abendessen. Danach schauten wir uns einem amüsanten Film an, mit dem Schauspieler Charles Butterworth, wie ich mich erinnere.

Nachdem ich ihr später eine Gute Nacht gewünscht hatte, ging ich in meine eigene Wohnung. Ausgezogen und im Bett, lag ich wach da. Mein später Morgenschlaf machte es meinen Augen schwer, sich zu schließen. Deshalb konnte ich das entfernte Schlürfen von Füßen hören, und als ich mich aufrichtete und gegen meine Kissen lehnte, sah ich die leuchtenden Silhouetten der Golgota-Tänzer. Lebendig und vergrößert schlichen sie in mein Schlafzimmer.

Diesmal zögerte ich nicht oder wich zurück. Ich sprang auf, voller Spannung und kampfbereit.

»Nein, das macht ihr nicht!«, schrie ich sie an. Als sie unter dem Eindruck meiner unbändigen Stimme zu zögern schienen, stürmte ich wie wild nach vorne. Für einen Moment konnte ich sie auseinandertreiben und selbst durch die Schlafzimmertür gelangen, wie in der vorangegangenen Nacht.

Im Eingangsbereich gab es einen erneuten Krawall; dieses Mal erwischten sie mich alle, wie ein Rudel von Hunden, und drängten mich im Kampf zurück gegen die Wand.

Ich krümme mich selbst jetzt noch vor Schmerzen, wenn ich an die unheimliche Härte ihrer kleinen, zupackenden Pfoten denke.

Zwei von ihnen an jedem meiner Arme fixierten mich mit gespreizten Gliedern auf dem Boden. Wieder diese Kreuzigungsstellung!

Ich fluchte, schrie und trat um mich. Einer von ihnen war meinem Fuß im Weg. Er flog zurück, unverletzt. Das war ihre Stärke und der Schrecken – ihre Fähigkeit, schwabblig und masselos zu werden gegenüber den harten und umherirrenden Schlägen.

Etwas kitzelte meine Handfläche und dann stach es mich. Die Spitze eines Nagels …

»Miss Dolby!«, kreischte ich, wie ein Kind nach seiner Mutter schreien würde. »Hilfe! Miss D – «

Die Tür flog auf; ich musste sie nicht verschlossen haben. »Hier bin ich«, kam ihre unerschrockene Antwort.

Ihre Figur zeichnete sich gegen das Viereck des Lichts aus der Halle ab. Meine Angreifer ließen mich los und tanzten ihr entgegen.

Sie keuchte, schrie aber nicht.

Ich stolperte die Wand entlang, berührte einen Lichtschalter, und das Wohnzimmer, das hinter uns lag, wurde hell beleuchtet.

Miss Dolby und ich rannten zur Lampe und scharten uns um sie, genauso wie die Menschen in der Steinzeit sich um ihr Feuer versammelt hatten, um den Monstern der Nacht zu trotzen.

Ich sah sie an. Sie war immer noch vollkommen angezogen so wie ich sie verlassen hatte, und war augenscheinlich wach geblieben. Ihr Rouge machte matte Flecken auf ihren bleichen Wangen, aber ihre Augen waren geradeaus gerichtet.

Dieses Mal zogen sich die Tänzer nicht zurück oder verschwanden. Sie lauerten in dem ziemlich trüben Licht am Eingang und hüpften herum und zitterten, als wollten sie ihre Kräfte und Entschlossenheit für einen neuen Ansturm auf uns sammeln.

»Sehen Sie«, plapperte ich zu ihr heraus, »Es war kein Albtraum.«

Sie sprach – nicht als Antwort, sondern wie zu sich selbst. »Sie haben keine Gesichter«, flüsterte sie. »Keine Gesichter!«

Im Dämmerlicht, das von unserer Lampe kommend auf sie abstrahlte, zeigten sie die Gesichtslosigkeit wie bei so manchen großen Lebkuchenmännchen, die mit einer rosa Glasur überzogen sind.

Einer von ihnen, eine Art Anführer, drängte vorwärts in den Lichtkegel. Es schreckte ihn ein wenig ab. Er zögerte, zog sich aber nicht zurück.

Von meinem Tisch hatte sich Miss Dolby eine schöne Schere genommen. Sie balancierte sie mit der Sicherheit von jemandem, der wusste, wie man Schneidwerkzeuge handhabt.

»Wenn sie kommen«, sagte sie mit fester Stimme, »lassen Sie uns zusammenbleiben. Wir sind so schwerer wegzuschleppen.«

Ich wollte meine Bewunderung herausschreien, wie sie diesen schrecklichen Dingern die Stirn bot, und meine Dankbarkeit für ihr schnelles Erscheinen zu meiner Rettung, doch alles, was ich murmeln konnte, war, »Sie sind sehr mutig.«

Sie drehte sich für einen Moment herum und betrachtete das Bild über meinem ausgehenden Feuer im Kamin. Meine Augen folgten den ihren.

Ich denke, ich habe erwartet, eine leere Leinwand zu sehen – zu sehen, dass die Tänzer darauf verschwunden und zu den lebenden Figuren gewachsen sind. Sie waren aber noch immer in dem Bild, und das Kreuz und das Opfer waren auch noch da. Miss Dolby las laut die Aufschrift:

»Ein lebendes Bild … Der Künstler wusste nach alledem, von was er sprach.«

»Könnte ein lebendes Bild nicht getötet werden?«, fragte ich.

Es klang unsicher und wie das Vorbringen einer kindlichen Spitzfindigkeit, aber Miss Dolby schrie triumphierend heraus, als hätte sie eine Eingebung.

»Getötet werden? Ja!«, rief sie.

Sie sprang zum Bild hin und brachte die Schere in Aktion. Die Spitze zerriss eine der mittleren Gestalten in dem tanzenden Halbkreis.

Die ganze Meute im Eingang schien ein gemeinsames Klopfen von sich zu geben, wie bei einem heftigen Protest. Ich drehte mich mit rasendem Herzen wieder zu ihnen hin. Was war passiert? Etwas hatte sich verändert, wie ich sah.

Der furchtlose Anführer war verschwunden. Nein, er hatte sich nicht in die Gruppe zurückgezogen. Er war verschwunden.

Das hatte auch Miss Dolby gesehen. Sie stieß wieder zu, schlitzte die gemalte Darstellung eines anderen Tänzers auf. Und diesmal passierte das Verschwinden vor meinen Augen. Eine Kreatur im Hintergrund der Gruppe verging in seiner Existenz, so plötzlich und vollkommen, wie eine Glühbirne durchbrennt.

Die anderen, von der Gefahr angetrieben, stürzten voran. Ich traf auf sie, mit festem Stand. Ich versuchte sie alle gleichzeitig zu umfassen, ging rücklings und unter sie drunter.

Ich schlug, wand mich, zog. Ich denke, ich habe in etwas Grässliches, Blutloses hineingebissen, wie Pilzgewebe, aber ich verweigere es, mich mit Sicherheit daran zu erinnern.

Ein oder zwei dieser Gestalten kämpften sich an mir vorbei und rangen mit Miss Dolby. Ich stolperte auf meine Füße und riss sie von ihr zurück. Da waren nicht mehr so viele, die um mich herumschwärmten. Ich kämpfte verbissen, bevor sie mich wieder am Boden hatten.

Und Miss Dolby hörte nicht auf, die Leinwand aufzureißen und auf sie einzustechen – wieder und wieder. Umklammerungen schmolzen dahin, von meiner Kehle, von meinen Armen. Es waren nur noch zwei Tänzer übrig. Ich warf sie zurück und erhob mich. Nur noch einer übrig, dann keiner mehr.

Sie waren verschwunden, verschwunden ins Nichts.

»Das wars«, sagte Miss Dolby außer Atem. Sie hatte das Bild heruntergerissen. Es war nunmehr nur noch ein Rahmen mit zerfledderten Leinwandstreifen, die davon herunterhingen.

Ich entriss es ihr aus den Händen und warf es auf die Kohlestücke im Feuer.

»Schauen Sie«, drängte ich voller Freude. »Es brennt! Das ist das Ende. Sehen Sie es?«

»Ja, ich sehe es«, antworte sie langsam. »Irgendein vom Teufel besessener Künstler – sein böses Genie hatte es zum Leben erweckt.«

»Die Aufschrift ist also die wörtliche Wahrheit?«, fügte ich hinzu.

»Sie könnte nicht wahrer sein«, sagte sie und beugte sich dabei herunter, um das Verbrennen zu betrachten.

Wie die gemalten Gestalten verschwanden, so verblassten auch ihre Inkarnationen.

Wir sagten nichts weiter, sondern setzten uns zusammen hin und sahen zu, wie die Flammen den letzten Faden des Gewebes vernichteten. Schließlich schauten wir wieder hoch und lächelten uns an.

Sofort wurde mir bewusst, dass ich sie liebe.

Die verlorene Tür

Ein verführerischer aber tödlicher Schrecken aus
vergangenen Jahrhunderten bedroht das Leben des jungen
Amerikaners — eine faszinierende Geschichte einer
seltsamen und gruseligen Liebe.

Ich habe oft darüber nachgedacht, ob ich Wrexler gedrängt hätte, mitzukommen, wenn ich gewusst hätte, was Rougemont ihm antun würde.

Ich denke — zurückblickend — dass ich mich in der gleichen Weise verhalten hätte, selbst wenn ich einen kleinen Blick auf die Zukunft hätte werfen können und dass ich ihn nach Rougemont gebracht hätte, um seinem Schicksal zu begegnen.

Als das Schiff seine schnelle Fahrt durch das Wasser machte, auf seiner Reise nach Frankreich, hatte ich an so etwas nicht gedacht. Das hatte Wrexler auch nicht. Er war glücklicher, als ich ihn jemals gesehen hatte. Er war zuvor niemals im Ausland gewesen, und das Boot war eine Quelle der Wunder und der Vergnügen für ihn.

Ich selbst war voller gespannter Erwartung auf die glücklichen Monate, die kommen würden. Es erschien mir kaum möglich zu sein, dass erst eine Woche vergangen war, seit ich das Telegramm erhalten hatte, das eine solche Veränderung meines Schicksals bedeutete:

'Ihr Vater ist gestern verstorben. Sie sind sein einziger Erbe, vorausgesetzt, sie entsprechen den Bedingungen seines Testaments, dessen hauptsächlicher Bestandteil ist, dass Sie sechs Monate jeden Jahres in Rougemont verbringen. Wenn das annehmbar ist, kommen Sie sofort'.

Die Nachricht wurde von dem Anwalt meines Vaters unterzeichnet.

Ich war nicht traurig über das Hinscheiden meines Vaters, ausgenommen das tiefe Bedauern, dass wir niemals die echte Verbindung zwischen Vater und Sohn kennenlernen konnten.

Beim Tod meiner Mutter nahm mein Vater eine Bitterkeit an und weigerte sich, den unschuldigen Grund für ihren frühen Tod zu sehen.

Als Baby wurde ich im Herrenhaus von Rougemont, dem wundervollen Château in der Nähe von Vichy, aufgezogen. Bereits als ich vier Jahre alt war, wurde ich auf ein Internat geschickt.

Danach bestand mein Leben aus einer Abfolge von Schulen, zuerst in Frankreich, die Wahlheimat meines Vaters, dann England und schließlich St. Paul's in Amerika.

Um diesem Elternteil gerecht zu werden, muss ich anerkennen, dass er mir alle Vorteile verschafft hat, ausgenommen die Zuneigung, über die ich mich sehr gefreut hätte.

Auf seinen eigenen Wunsch hin habe ich ihn im Leben nie gesehen, noch würde ich das nach seinem Tod tun können, denn ein später kommendes Telegramm informierte mich darüber, dass das Begräbnis vorüber war und sein Körper bereits in dem schönen gotischen Mausoleum ruhte, dass er während seiner Lebzeiten hat errichten lassen, nach antikem Vorbild.

Er hatte mir alles überlassen, mit nur zwei einschränkenden Verfügungen; einmal, dass eine bestimmte Summe zur Seite gelegt werden müsse, um das Château immer im jetzigen Zustand zu halten, und zum anderen, dass ich mindestens die Hälfte meiner Zeit darin verbringen sollte, und danach auch meine Kinder – eine Bedingung, die ich nur zu erfreut war, anzunehmen. Mein ganzes Leben lang hatte ich mich nach einem Zuhause gesehnt.

Ich telegrafierte sofort zurück, dass ich das Schiff nehmen würde. Ein Antworttelegramm brachte mir die Nachricht, dass ich unbegrenzte Mittel zur Verfügung hätte, über die ich verfügen konnte. Zu diesem Zeitpunkt drängte ich Wrexler, mit mir zu kommen.

Wrexler und ich waren Freunde gewesen, seit dem Tag, an dem zwei einsame Jungen zufällig in das gleiche Zimmer in der Schule einquartiert wurden.

Wir waren so total verschieden, und es war vielleicht der Unterschied, der uns durch die Jahre hindurch zusammengehalten hatte.

In St. Pauls und später in Princeton, war Gordon Wrexler immer an der Spitze in der Klasse, während ich mich am hinteren Ende entlang schleppte.

Der Kontrast zwischen uns wurde nicht nur durch die Farbe unserer Haare und Augen ausgedrückt, aber auch durch unsere Stimmungen. Mein größtes Geschenk des Schicksals war eine humorvolle Veranlagung, und ich denke, es war diese Art, die Wrexler besonders anzog. Es schien so, als wäre ich der Einzige, der ihn aus der Niedergeschlagenheit herausholen konnte, in die er so oft verfiel.

Als die Jahre vergingen und sich seine depressive Veranlagung verstärkte, wurde er zunehmend von mir abhängig, und wir wuchsen noch enger zusammen.

Seltsamerweise lenkten sein bleiches Gesicht und die gedrückte Stimmung, die man ihm ansah, nicht von seinem guten Aussehen ab. Im Gegenteil, es wurde dadurch noch verstärkt, denn die Blässe seiner Haut ließ das dichte, schwarze Haar, das lose auf seinem Kopf lag, noch dunkler erscheinen, während sie gleichzeitig das tiefe Schwarz seiner Augen betonte, und die strenge Form seiner Lippen.

In der Nacht, bevor wir ankamen, standen wir an der Reling auf dem Deck und schauten mit angespannten Augen nach der Seite, um einen ersten Blick auf Cherbourg zu erhaschen, und zum ersten Mal, seit wir New York verlassen hatten, sprach Wrexler über sich selbst.

»Weißt du Jim, es ist vielleicht das erste Mal in meinem Leben, dass ich mich in Frieden fühle, also ob etwas, das ich schon vor langer Zeit hätte tun müssen, schließlich vollbracht worden ist.«

Er war so feierlich, dass ich ein wenig lachte.

Er hielt mich plötzlich zurück: »Es ist wahr – ich habe immer einen Drang in mir verspürt, eine unsichtbare Kraft, die mich zu etwas hindrängte, das auf mich warten würde, wo weiß ich nicht, und was es ist, davon habe ich auch keine Vorstellung. Zu ersten Mal ist er verschwunden – dieser unbekannte Drang, von dem ich nicht wusste, wie ich ihn befriedigen kann, und ich habe das Gefühl, dass dieser Ruf beantwortet wird.«

Mit der gewohnten Albernheit von Leuten, denen die Worte fehlen, sagte ich das Erste, was mir in den Sinn kam. »Vielleicht hat dich Rougemont gerufen.«

»Du hast keine Vorstellung davon, welche Erleichterung es ist«, fuhr er fort, »nicht fortwährend gezogen zu werden, ohne eine Vorstellung, wohin oder wie man diesem Befehl nachkommen könnte. Ich habe oft daran gedacht, dass ich mir das Leben nehmen sollte – dass es vielleicht das war, was es bedeutete.«

Seine Stimme versagte.

In diesem Moment war ich nicht mehr ohne Worte. Ich begann ihm eine Lektion zu geben, die Martin Luther oder John Knox zur Ehre gereicht hätte.

Am Ende meiner Moralpredigt lachte Wrexler, eine seltene Sache für ihn, und legte seinen Arm um den meinen.

»All das ist jetzt weg. Hab ich dir nicht eben gesagt, dass ich schließlich auf eine seltsame Art meinen Frieden gefunden habe?«

Die Türme von Rougemont wurden sichtbar, lange bevor wir die großen Eisentore erreichten, die man aufgemacht hatte, um uns hindurch zu lassen. Für Meilen dominierte dieses große Gebäude die Landschaft. Das riesige Gebäude hatte eine weiche, rötliche Färbung, von der, wie ich vermute, sein Name kam – Rougemont, roter Berg.

Es war ein Palast wie im Märchen, den man auf einen Bergrücken gesetzt hatte. Eine große Erregung ging durch mich hindurch, als ich realisierte, dass dieses wundervolle Château mir gehörte, und als wir durch die Tore auf der sich windenden Straße fuhren, durch meinen eigenen Wald, schwoll der Besitzerstolz in mir an, und zum ersten Mal begann ich zu verstehen, warum mein Vater seinen Fuß niemals außerhalb dieser großen Tore gesetzt hat, und die hohen Mauern, welche den Grundbesitz einschlossen, der nun mir gehörte.

Als wir dahinfuhren, die sich windende Straße hoch, den engen Weg, über die Zugbrücke, die den Wassergraben überspannte, in den Schlosshof hinein, verstand ich immer mehr.

Hier war alles: Schönheit, von der ich noch niemals hatte träumen können, Wälder mit Wildbestand, dahinfließende Bäche voller Fisch, ein Teich und, weiter entfernt, eine Farm, um uns zu versorgen, auf deren strohgedeckte Dächer ich einen kurzen Blick werfen konnte.

Rougemont war eine eigene Welt in sich.

Die hohe, mit Schnitzereien versehene Tür wurde geöffnet, als Wrexler und ich aus dem Auto stiegen. Monsieur de Carrier, der Anwalt meines Vaters, trat vor, um uns zu treffen, mit einem freundlichen Lächeln eines Weihnachtsmanns auf seinem Gesicht. Ich schüttelte ihm die Hände und stellte Wrexler vor, als einen 'sehr guten Freund, der hier mit mir verweilen wird'.

Das Gesicht von Monsieur Carrier fiel herunter. Es war deutlich zu sehen, dass Wrexlers Anwesenheit, zusammen mit mir, eine Enttäuschung war. Trotzdem begrüßte er ihn freundlich, als er uns hineinbegleitete.

In diesem Moment nahm mich Rougemont ins Herz und hat mich für sich gewonnen.

Stellen Sie sich Amboise oder irgendein anderes großes französisches Château vor, dass sich plötzlich so zeigt, als wäre es in den Tagen der Königin Katharina von Medici, und Sie haben eine vage Idee von Rougemont, denn wir sind aus der Gegenwart in die Vergangenheit gekommen.

Carrier, Wrexler und ich waren nicht aus dieser Zeit, alles andere gehörte zu den vergangenen Jahrhunderten. Selbst die Diener steckten im Wams und tiefblauen Hosen mit großen Schlitzen, die mit purpurroter Seide aufgefüttert waren.

Ich glaube, ich habe nach Luft geschnappt. Jedenfalls hatte Monsieur Carrier mein Erstaunen bemerkt.

»Es ist der Wille ihres Vaters, mein Junge. Er hat es immer so gehalten und trug selbst die Kleidung vergangener Zeiten. Er war ein großer Bewunderer der ersten Franzosen. In euren Zimmern werdet ihr Kleidung finden, die für Euch vorbereitet worden ist. Während der letzten sechs Monate seines Lebens hat er alles für seinen Sohn vorbereitet.«

Da gab es einen eigenartigen Stolz in seiner Stimme.

Ich erinnerte mich jetzt, dass mir mein Vater wegen meiner Maße geschrieben hatte. Ich habe gedacht, er wolle mir ein Geschenk machen, aber als die Zeit verging und ich nichts mehr davon gehört hatte, habe ich die Sache vergessen.

Ich schaute auf Wrexler und erwartete eine Art Belustigung auf seinem Gesicht, aber er stand still da und betrachtete die Tapisserie, die in halber Höhe die Treppe hoch hing. Es gab da einen verträumten, abwesenden Ausdruck in seinen Augen.

»Kann ich offen vor ihrem Freund sprechen?«, fragte mich Carrier. Ich nickte. Die Diener waren bereits mit dem Gepäck verschwunden.

Ich warf mich auf eine lange, niedrige Bank, und Carrier saß mir gegenüber.

»Sie haben natürlich die Bedingungen im Testament ihres Vaters verstanden«, begann Carrier, »dass Sie hier sechs Monate leben müssen, wie er es in der Vergangenheit gemacht hat. Wenn

Sie das nicht tun, geht Rougemont an den Verwalter ihres Vaters, unter den gleichen Bedingungen – es immer in so einem Zustand zu halten, wie es ist, mit nur einer kleinen Summe, die für Sie zur Seite gelegt worden ist.«

Ich sagte nichts. Auf der Fahrt, die Straße entlang von Paris, hätte das schon fantastisch geklungen, aber hier, unter dem Zauber von Rougemont, schien es so, das alles andere unmöglich geworden ist.

Carrier fuhr fort. »Sie werden der Grand Seigneur – der Gutsherr in alter Tradition sein. Sie können Gäste haben, wenn sie es wünschen, aber auch diese müssen die Regeln einhalten.«

In diesem Moment blickte er auf Wrexler, der immer noch dastand, als wäre er in Trance.

»Während der anderen sechs Monate können Sie machen, was Sie wollen, geben so viel wie Sie wollen von dem Geld aus, das nicht für Rougemont gebraucht wird – das heißt, wenn Sie irgendwo anders hingehen wollen.«

Augenscheinlich hatte er seine Rede beendet. Zu diesem Zeitpunkt hatte ich die Bedeutung seiner letzten Worte nicht erkannt.

Ich bin willens, mich den Bedingungen zu unterwerfen, nur« – mir kam ein plötzlicher Gedanke – »ich möchte nicht die Verbindung zur Außenwelt verlieren. Kann ich nach Vichy gehen – um Zeitungen zu holen und so weiter? Ich nehme nicht an, dass sie Zeitungen in den Zeiten von Franz I. hatten.«

Monsier de Carrier lächelte. »Mein lieber Junge, ihr Vater hatte nicht den Wunsch, Sie zu einem Gefangenen zu machen. Sie können nach Vichy gehen, wenn es Ihnen beliebt. Sie sollen aber nicht mehr als vierundzwanzig Stunden ununterbrochen von Rougemont weg sein, während der sechs Monate ihres Aufenthalts.«

»Was Zeitungen und Ähnliches anbelangt, findet man die im Herrenhaus. Dort gibt es auch ein Telefon und auch ihre eigenen Kleider werden dort aufbewahrt. Nach heute Nacht soll nichts von 1935 in diese Hallen kommen, aber es steht ihnen frei, in das Herrenhaus zu gehen, wenn

immer Sie wollen. Sie können mich auch kontaktieren, wenn Sie weitere Informationen benötigen. De Lacy, der Verwalter, wird nach Ihnen sehen. Er kennt die Gewohnheiten ihres Vaters.«

»Nun erlauben Sie mir bitte noch, Sie zu beglückwünschen und 'Au Revoir' zu sagen, mein junger Freund.

Monsieur de Cartier erhob sich auf seine untersetzten, fetten Beine, machte eine kleine Verbeugung vor mir, eine weitere vor Wrexler, der ansonsten unbeachtet blieb.

»Auch ich erhob mich. »Es wird seltsam erscheinen, aber ich werde mein Bestes tun.«

»Eine andere Sache noch«, sagte Monsieur de Carrier, der plötzlich sehr ernst wurde. »In zwei Wochen wird man Ihnen einen Schlüssel geben. Er schließt eine Kassette auf, die Sie in der Bibliothek finden. Darin werden Sie eine Nachricht von ihrem Vater finden. Adieu, mein Junge, ich wünsche Ihnen alles Gute.«

Mit einem Klacken seiner Absätze und einem freundlichen Lächeln war er verschwunden.

Ich drehte mich zu Wrexler hin. »Was hältst du davon?«, fragte ich.

Wrexler antwortete nicht. Er stand immer noch da und starrte die Treppe hoch. Die breiten, marmornen Stufen wandten sich nach oben. An den Seiten sah man aufwendige Schnitzereien, die wunderbar in ihrer Feinheit ausgearbeitet waren.

In diesem Moment war ich jedoch besorgt um meinen Freund. Seine Haltung war starr, und seine Augen waren glasig. Ich legte meine Hand auf seine Schulter. »Wrexler!«

Mein Vorgehen rüttelte ihn plötzlich wieder wach.

»Noch eine weitere Minute«, sagte er, »und sie hätte die letzte Stufe erreicht! Nun ist sie weg.«

Das war Wahnsinn! Da war niemand gewesen. Ich sagte ihm das auch so.

Wrexler drehte sich herum und schaute mich an. »Aber da war jemand«, sagte er aufgeregt, »das

schönste Mädchen, das ich je gesehen habe, vollkommen in ein altes Kostüm gekleidet, groß, weite Röcke, enge Taille und einen hohen Spitzenkragen. Sie hatte bronzefarbene Locken, große blaue Augen und das liebreizendste Gesicht! Ich habe sie sofort gesehen, als wir reinkamen. Sie hatte uns beide angesehen, aber mir zugelächelt!«

Ich war in einem Zwiespalt. Bis jetzt hatte ich lediglich einen oberflächlichen Blick auf die Treppe geworfen. Nach allem, was ich wusste, hätte sie eine der Bediensteten sein können, die einen verstohlenen Blick auf ihren neuen Herrn werfen wollte.

Für Wrexler, diese leicht zu beeindruckende, seltsame Kreatur, die er war, könnte dieser eine Blick sich so in seinem Kopf festgesetzt haben, dass er sie weiterhin sah, denn mit Sicherheit war sie nicht da, als ich schaute.

Es schien das Beste zu sein, die Sache leicht zu nehmen.

»Wie auch immer«, sagte ich, »sie ist fort. Wenigstens kann ich das Kostüm erklären. Ich nehme an, du hast Carriers Ankündigungen nicht gehört.«

Wrexler schüttelte seinen Kopf. Ich fuhr fort, um über diese ins Bild zu setzen.

Anstatt mich mit den seltsamen Bedingungen aufzuziehen, die das Testament meines Vaters mir auferlegt hat, war er geradezu enthusiastisch bezüglich dieser Idee.

»Es ist die Zeitperiode in der Geschichte«, sagte er, »die mich immer interessiert hat! Jim, wir sind im Glück! Stelle dir vor, wir gehen für sechs Monate zurück in die französische Zeit der Katharina von Medici, abgeschottet von der Welt! Wer weiß, ob nicht Katharina selbst hier gewohnt hat, oder Marguerite von Valois – die Margerite der Margeriten! Wunderschön, aber nicht schöner als das Mädchen auf den Stufen. Ich kann es kaum erwarten, sie wiederzusehen.«

Ich wünschte mir von Herzen, dass er sie sehen würde und dass sie nicht vollkommen ein Wesen seiner Fantasie war. Wenn sie echt war, war auch ich gespannt darauf, sie zu sehen.

Wrexler unterbrach meine Gedanken.

»Ich fühle mich, als wäre ich wirklich nach Hause gekommen«, sagte er. »Ich bin verrückt danach alles zu erforschen. Lass und von all diesen hässlichen Dingen Abschied nehmen und das richtige Leben beginnen. Das ist es, worauf ich gewartet hatte!«

»Es ist großes Glück«, sagte er, »dass wir in unserer Einstellung übereinstimmen.«

In dieser Belanglosigkeit erkannte ich die Richtung seiner Gedanken.

»Ich frage mich, wohin wir gehen«, begann ich.

Fast so, als hätte er meine Worte gehört, kam eine große, gebieterische Gestalt in die Halle. Seine Kleidung war reichlich mit Damast versehen, in einem herrlichen, weichen Blau mit einigen purpurnen Schrägstrichen, die schon der Diener an seiner Livree zur Schau trug, aber dies hier war aus feinerem Material.

Er war ein schöner Mann von etwa fünfunddreißig Jahren. Er trug einen Spitzbart und einen kleinen Oberlippenbart. Seine langen Beine steckten in einer Seidenhose und er trug einen Dolch, der in seinen Gürtel gesteckt war.

»De Lacy, zu ihren Diensten, mein Lord«, verkündete er und machte eine tiefe Verbeugung.

Ich streckte meine Hand aus, irgendwie in Unkenntnis, wie man den Verwalter seines Vaters begrüßt, der offensichtlich ein Mann von einiger Wichtigkeit war, und der, anstelle von mir, der Eigentümer von Rougemont geworden wäre.

Anstatt die Hand zu schütteln, fiel er auf ein Knie herunter und küsste sie – eine Prozedur, die mich sehr in Verlegenheit brachte.

Auf meine Bewegung hin, die ihn aufforderte, sich zu erheben, machte er dies mit einer gelenkigen Anmut: »Ich nehme an, sie möchten ihre seltsame Kleidung wechseln, mein Lord und ihre Quartiere sehen.«

Ich nickte und stellte Wrexler vor. De Lacy verneigte sich. »Möchte Monsieur Wrexler in ihrer Nähe sein?«

Dann fügte er hinzu, »wir haben so zwanzig bis dreißig Suiten, mein Lord.«

Wrexler sagte, dass er es vorzieht, in der Nähe zu sein, und zusammen folgten wir de Lacy die marmorne Treppe hinauf in eine andere Welt.

Wrexler war sofort ganz entspannt in seinem Wams und der Hose. Die üppigen, bestickten Kleidungsstücke schienen zu ihm zu passen, wie es moderne Kleidung nie getan hatte. Er sah attraktiver aus als je zuvor.

Er sagte auch, dass mir das Kostüm der Medici sehr gut stehen würde, und wirklich, als ich einen Blick von mir erhaschte, wie ich mich im Teich widerspiegelte – denn in dem Château gab es keinen großen Spiegel – war ich durchaus nicht enttäuscht von dem Ergebnis.

Aber am Ende der Woche fühlte ich mich immer noch fremd in meiner neuen Kleidung, wohingegen Wrexler sie von Anbeginn an trug, als wäre sie extra für ihn gemacht.

Ich hatte das aber erwartet. Am ersten Abend hatten wir zwei unserer neuen Ausstattungen angezogen, die von dem Diener, den de Lacy mir vorgestellt hatte, bereitgelegt wurden. Unsere eigene Kleidung war verschwunden und, sehr zu meinem Ärger, mit ihnen auch meine Zigaretten.

Wir hatten ein standesgemäßes Abendessen auf einem erhöhten Podium am Ende des großen Saals. Auf beiden Seiten unter uns gab es lange, schmale Tische, die gefüllt waren mit Leuten. Ebenfalls der Zeit entsprechend angezogen, gaben sie ein wundervolles Bild ab und repräsentierten, so wie ich vermute, meinen Hofstaat oder meine Gefolgsleute. De Lacy stellte sie mit überschwänglichen Gesten vor, und sie reihten sich dazu alle auf und küssten meine Hand und gingen dann wieder zu ihren Plätzen.

Als Wrexler und ich Platz genommen hatten, setzen sie sich auch alle hin. Als ich zu sprechen begann, erfüllten sie den Saal mit fröhlichem Geschnatter. Von einem Balkon für Musikanten am Ende des Raumes kamen sanfte Melodien.

De Lacy stand hinter mir und schenkte mir den Wein ein. Eine Sache, die ich bemerkte, war, dass in dem ganzen Raum – und da mussten mindestens zweihundert Personen gewesen sein – keine älteren Männer oder Frauen gab. In der Tat war de Lacy der älteste von allen, die anderen waren zwischen sechzehn und dreißig Jahre alt.

»Wie hat mein Vater all diese Leute zusammenbekommen?«, fragte ich de Lacy.

»Die meisten von ihnen, mein Lord, wurden auf Rougemont geboren. Dazu wurden andere adoptiert und hierher gebracht, sobald sie geboren waren. Keiner von uns war jemals außerhalb der Tore von Rougemont gewesen.«

De Lacy war ziemlich gerade heraus, als er diese Aussage machte.

Derweil suchte Wrexler den Saal mit seinen Augen ab, als er meinem Verwalter zuhörte.

»Und Sie?«, sagte ich und schaute dabei de Lacy an.

»Auch ich, mein Lord, kenne nichts von der Welt da draußen, noch will ich das. Warum sollte ich, wenn ich hier so glücklich bin?«

»Meine Familie lebt unten auf der Farm, aber Seine Hoheit, ihr Vater, interessierte sich für mich. Er brachte mich ins Château, verschaffte mir Bildung und kümmerte sich selbst um mich. Irgendwann machte er mich zum Verwalter von Rougemont. Das war eine große Ehre, die er mir erwies, und ich werde mein Bestes tun, um ihnen zu helfen, mein Lord.«

Plötzlich sah ich, was das Lebenswerk meines Vaters gewesen war: einen Hofstaat von Leuten in Rougemont großzuziehen. Mein Vater war fünfundzwanzig, als meine Mutter starb. Er war mit achtundfünfzig Jahren gestorben. Er hatte dreiunddreißig Jahre, um seinen Traum wahr werden zu lassen.

»Wo sind die Eltern derjenigen, die auf Rougemont geboren wurden?«

»An ihren eigenen Orten oder auf den Farmen, mein Lord. Rougemont hat über eintausend Morgen Land und mehrere Landgüter darauf, wo Leute, die Seine Hoheit über andere stellte, leben. Sie allen dienen ihrem Gebieter auf die eine oder andere Weise, als Gegenleistung dafür, was ihnen selbst gegeben wurde.«

»Nur die Leute im Jagdschloss stehen in Verbindung mit der Außenwelt, auf die wir, wie man uns gelehrt hat, mit Verachtung schauen. Hier haben wir alles, und ins Château selbst gebracht zu werden, ist der Wunsch von jedem auf dem Anwesen.«

Ich begriff alles. Natürlich nicht jede Einzelheit in dem ausgeklügelten System, das mein Vater hat entstehen lassen, aber zumindest einen Schimmer der Wahrheit.

Und ich staunte über den Charakter eines Mannes, der Kinder aus der Welt herausgenommen hat, um seine eigene Welt zu bauen, und dann die Geduld hatte, sie aufwachsen zu sehen; seinen Hofstaat zu formen – den Hofstaat, den er für mich geplant hatte.

Ja, in meinem Egoismus dachte ich, dass er für mich eingerichtet wurde. Noch zwei Wochen mussten vergehen, bevor ich begriff, was der wahre Grund gewesen war.

Wrexler brach abrupt in mein Nachdenken hinein.

»Sie ist nicht hier. Frag de Lacy nach ihr, ihre Schönheit verfolgt mich. Ich bin jetzt schon verliebt in sie.«

Ich war nicht überrascht. Nichts, so hatte ich das Gefühl, hätte mich an diesem Punkt überraschen können, so viel war in den letzten paar Stunden passiert. Wenn mein Vater aus dem Boden hochgekommen wäre wie Hamlets Geist, hätte ich ihn ziemlich normal begrüßt.

»Gibt es hier ein junges Mädchen mit bronzefarbenen Locken und blauen Augen?«, fragte ich gehorsam.

Ein Schatten ging über das schöne Gesicht von de Lacy. Zum ersten Mal zögert er. »Da gibt es niemanden hier, auf den diese Beschreibung passt. Darf ich fragen, warum sie – «

»Mein Freund sah sie auf der Treppe«, antwortete ich.

Ich bemerkte ein Murmeln auf den Lippen von de Lacy: »Schon so früh!«, oder so ähnlich klang es.

Aber noch bevor ich weitere Fragen stellen konnte, sagte er laut, »ist es mir gestattet, wegzugehen und meine Lady zu treffen?«

Und noch bevor ich antworten konnte, verbeugte er sich im Weggehen, um einem Platz an den Tischen unterhalb einzunehmen.

Wrexler schaute über seinen Weinkelch hinweg. »Der Mann hat gelogen. Ich konnte in seinen Augen sehen, wie er die Beschreibung erkannt hat.«

»Wir werden die Wahrheit später aus ihm herausholen«, entgegnete ich. »Ist es nicht schön, Huhn richtig mit den Fingern zu essen und nicht zu bemerken, dass man sich gesellschaftlich falsch verhält!«

Wir haben auch später keine Informationen aus de Lacy herausbekommen. Gegenüber den beharrlichen Befragungen von Wrexler war er zunächst zurückhaltend, und, nach einer Weile, ausgesprochen schroff. Ich habe die aufgewühlten Wogen etwas geglättet, indem ich bemerkte, dass es schon spät ist und wir bis zum Morgen warten würden, um die Bibliothek zu sehen und den linken Flügel des Châteaus.

Mit einem Lächeln der Erleichterung begleitete uns de Lacy zu unseren Räumen.

Mein Rückzug wurde dabei zu einer Art von Zeremonie. Es amüsierte mich, aber ich hatte diesen nagenden kleinen Gedanken im Hinterkopf, dass diese ganze Etikette nach einer Weile ziemlich langweilig werden würde.

Als der letzte Diener sich verbeugend aus meinem Zimmer begab, bückte sich de Lacy tief herunter. »Mein Lord, da stehen Wachen an ihrer Tür. Sie müssen nur rufen, wenn Sie etwas wünschen.«

Ich dankte ihm nochmals. Zu meiner großen Betretenheit küsste er wieder meine Hand. »Euer

Diener bis in den Tod!«, rief er und zog die Vorhänge meines Hochbetts zu.

Ich wusste, dass draußen vor dem roten Damast des Vorhangs zwei große Kerzen brannten, aber dieser verbannte ihr Licht und ich war in Dunkelheit eingehüllt.

Ich merkte mir, dass ich mehr Luft in mein Zimmer kommen lassen wollte. Diese französische Idee, die nächtliche Luft abzuschotten, entsprach nicht meinen amerikanischen Gewohnheiten. Heute Nacht war ich zu müde, um aufzustehen und mich darum zu kümmern.

Meine Gedanken schossen vor und zurück zu den seltsamen Ereignissen des Tages, aber bevor ich sie irgendwie ordnen konnte, überkam mich der Schlaf.

Ich hatte einen seltsamen Traum.

Darin kam die schönste Frau vorbei, die ich jemals gesehen hatte, und sie öffnete den roten Damast-Vorhang. Vor dem Hintergrund der dunklen Eichentäflung meines Zimmers stand sie da und schaute auf mich herunter.

Ihr Haar war rotgold, und ihre Augen hatten alles von den saphirblauen Färbungen der Welt, die sich in deren Tiefen sammelte. Ihr bleiches Gesicht hatte eine ovale Form und passte perfekt auf ihrem schlanken Hals. Ihre Lippen waren lieblich geschwungen und ihre Nase grazil geformt.

Als sie sich über mich beugte, konnte ich die rundlichen Formen ihres Busens erkennen. Eine schlanke Hand streckte sich heraus und berührte meine Wange. Es war wie die Berührung durch ein herabfallendes Rosenblatt.

In meinem Traum lag ich schlafend da, dennoch war ich mir der liebreizenden Gestalt bewusst. Ich betrachtete sie durch meine geschlossenen Augenlider und hielt meinen Atem an, in der Hoffnung, sie würde mich küssen. Es schien mir, als hätte ich niemals etwas so sehr gewünscht.

Ein schwaches Lächeln kam auf ihre Lippen, aber ihre Augen sagten mir nichts.

Sie lehnte sich weiter herunter. Ein schwacher Duft durchdrang meine Sinne, und dann fühlte ich ihre Lippen auf meiner Stirn. Eine große Kälte überkam mich bei ihrer Berührung – warf mich nieder, nieder in die Finsterkeit, und dann erinnere ich mich an nichts mehr.

Als ich erwachte, schien die Sonne durch die offenen Vorhänge. Ich wollte nach einer Zigarette greifen – mein erster bewusster Gedanke nach dem Aufwachen – und da ich mein Etui nicht unter meinem Kissen fand, erkannte ich plötzlich meine Umgebung wieder.

Gleichzeitig erinnerte ich mich an meinen Traum. »Wrexler und sein Gerede von einer rothaarigen Schönheit ist dafür verantwortlich«, dachte ich und klatschte in meine Hände.

De Lacy kam so schnell herein, dass ich sofort wusste, dass er vor der Tür gewartet haben musste. Er erschrak, als er sah, dass die Vorhänge von meinem Bett aufgezogen waren.

»Haben Sie sie nicht aufgezogen?«, fragte ich.

Er schüttelte seinen Kopf. Ich sagte nichts mehr und die Zeremonie meines Aufstehens begann.

Nachdem ich ein Bad in einer großen, vertieften Wanne genommen hatte – glücklicherweise nahm auch schon Diana de Poictiers ihr tägliches Bad, in dieser weit zurückliegenden Zeit – suchte ich Wrexler.

Wir frühstückten zusammen und dann ließ ich de Lacy wissen, dass wir den Rest des Châteaus besichtigen wollten.

Er führte uns in den linken Flügel und brachte uns durch eine Suite nach der anderen. So wundervoll möbliert war dieses Château eine wahre Schatzkammer. Ein Antiquitätenhändler wäre vor Verzückung verrückt geworden.

Ich bemerkte, dass de Lacy zwei stark gebaute Türen gegenüber dem Ballsaal vermied. Als wir von unserem Rundgang zurückkamen, blieb ich vor diesen stehen. »Und hier?«, fragte ich.

»Die Bildergalerie, mein Lord«, antwortete er unwillig und öffnete die Türen. Da gab es einen unglücklichen Ausdruck auf seinem Gesicht.

Der Raum war lang und eng und an den Wänden, ausgenommen der Platz für die Fenster, waren Porträts aufgereiht. Wir gingen langsam die ganze Länge des Raums entlang und betrachteten die Porträts eines toten und lang vergangenen Geschlechts.

»Die ehemaligen Eigentümer des Châteaus?«, fragte ich.

De Lacy nickte.

Plötzlich schaute ich in den Teil des Raums, der gegenüber der Tür lag, durch die wir gekommen waren.

Zuerst waren wir zu weit weg, um darin etwas erkennen zu können, ausgenommen, dass es da nur ein einziges großes Bild gab, das in der Mitte hing.

Als wir nun näher dran waren, konnte ich das Gemälde sehen und mir stockte vor Erstaunen der Atem, denn da war das Abbild der Lady in meinen Träumen, die auf mich herunter lächelte.

Wrexler packte meinen Arm. »Das ist das Mädchen – diejenige, die ich auf den Treppenstufen gesehen habe.«

»Das ist das Porträt von Helene, Mademoiselle d'Harcourt, Tochter des Lords von Harcort, dem dieses Château einst gehörte«, kam die Stimme von de Lacy.

Wrexler und ich riefen gleichzeitig aus, »Aber ich – « und »sie ist – «

De Lacy sah uns in seltsamer Weise an.

»Es ist ihretwegen, dass das Château einen neuen Namen hat, Rougemont – roter Berg. Davor wurde es Hôtel d'Harcour genannt.«

»Mademoiselle Helene war sehr schön, wie Sie sehen können, meine Herren, und sie hatte viele Freier. Schließlich wählte sie unter ihnen einen englischen Lord aus.«

»Einer der abgewiesenen Liebhaber, Black George – der Georges Noir – schwor, dass sie dem Engländer nicht gehören und Rougemont niemals verlassen würde.«

»Sie lachte, Mademoiselle Helene, und ihr Vater, der Lord d'Harcourt, lachte auch, denn er hatte viele Männer unter Waffen und war reich und mächtig.«

»Black George hatte nicht gelacht, sondern verzog nur grimmig seine Lippen.

Der Tag der Hochzeit kam und die wunderschöne Helene heiratete den englischen Lord in dem großen Saal, aber gerade als er sie für den hochzeitlichen Kuss in seine Arme nahm, erhob sich draußen ein lauter Krach. Es war Black George, der das Château angriff.«

»Der englische Lord, mit dem warmen Kuss von Helene auf seinen Lippen, zog los in die Schlacht. Es gab einen solchen Kampf, wie ihn diese friedlichen Ländereien noch nie gesehen hatten, und der Berg färbte sich rot vor Blut.

»Black George ermordete den Engländer, er ermordete den Lord von Harcort, und seine

Männer hieben die Verteidiger des Châteaus in Stücke.«

»Dann kam er, gefolgt von seinen Männern, deren Schwerter rot vom Blut waren, in den großen Saal, wo Helene d'Harcourt auf dem Thron saß, mit einem Gesicht, das weißer war als ihr Hochzeitskleid.«

»Black George warf den Körper ihres Liebhabers vor ihre Füße, und die Frauen des Hausstands, die sich um den Thron herum kauerten, schrien laut vor Entsetzen.«

»Die schöne Helene weinte nicht, noch stöhnte sie. Sie schaute Black George nur direkt ins Gesicht, und es war etwas in ihrem Starren, das jeden in dem großen Saal zum Schweigen brachte, sogar Black George ging einen Schritt zurück.«

»Dann erhob sich Helene d'Harcourt und ging hinunter zu ihrer Liebe, dem englischen Lord, der für einen kurzen Moment ihr Ehemann war. Sie kniete sich neben ihn und küsste seine kalten Lippen. Dann nahm sie ihren Hochzeitsschleier und legte ihn über seinen Körper.«

»Die ganze Zeit über war es still in dem großen Saal, während Männer und Frauen dem schlanken Mädchen zusahen, wie sie sich von dem Mann verabschiedete, den sie liebte.«

»Sie schauten zu, als wären sie wie verzaubert. Aber als der Schleier herunterfiel, gab Black George ein langes Lachen von sich, das durch den Raum schallte.«

»Dann drehte er sich zu seinen Gefolgsleuten um und rief laut aus: 'Die Frauen gehören euch — nehmt sie euch, wie ihr wollt, bis auf eine, die mir gehört'.«

»Er machte eine Geste in Richtung von Helene und lachte wieder.«

»Helene d'Harcourt stand aufrecht da und richtete ihre schlanke Hand auf Black George. 'Warte', rief sie, und da gab es etwas in ihrer Stimme, die ihre Zuhörer zittern ließ.«

»'Ich werde niemandem gehören, bis mein Liebster zu mir kommt und bis dahin, sei verflucht Black George und all deine Nachkommen! Seid verdammt alle Männer, denn ich verfluche euch mit einem mächtigen Fluch, dem Fluch eines gebrochenen Herzens. Und ich verfluche alle Männer für ihre dunklen und bitteren Taten. Jahr für Jahr, Jahrhundert für Jahrhundert, werde ich meine Rache nehmen für alle Missetaten, die ich erleiden musste, und kein Mann wird frei sein, bis mein Liebster wiederkommt und wir zusammen unser Glück finden'.«

»Und, während alle Augen im ganzen Saal auf sie fixiert waren, stach sie den Dolch, den sie aus dem Gürtel ihres Liebhabers genommen hatte, in ihr Herz. Für eine Sekunde schwankte sie, dann krümmte sie sich und fiel neben den englischen Lord.«

»Black George fasst sie und hielt sie in seinen Armen. 'Mein Fluch liegt auf dir, Black George!', rief sie.«

Mein Fluch liegt auf dir, Black George!

»Aber auch Black George konnte einen Fluch aussprechen – 'du sollst niemals Rougemont verlassen, um deinen Liebhaber zu finden, und niemals soll er kommen, bis – ' und dann erstarb seine Stimme, als ihr Kopf rückwärts über seinen Arm fiel. Die schöne Helene war für ihn nicht mehr zu erreichen.«

»Für eine weitere Minute waren die Leute in der großen Halle von der Macht dieser fürchterlichen Worte gelähmt, die sie gehört hatten, aber mit dem Tod des Mädchens waren sie von dem Fluch befreit und wurden von einer Raserei ergriffen.«

»Sie stürzten sich auf die Frauen und schleppten sie fort. Black George nahm den Körper von Helene und trug ihn weg, aber wo er sie begrub, wusste niemand, noch konnte das jemals herausgefunden werden, denn am nächsten Tag fand man ihn tollwütig in dem großen Saal, und die Leute sagten, dass der Fluch von Helene sehr stark war und dass er bereits seine Rache zeigte, bei denen, die ihr am meisten geschadet haben.«

»Von diesem Tag an wurde das Château Rougemont genannt. Die d'Harcourts waren alle tot und das Anwesen fiel in andere Hände.

Dann machte sich das Gerücht breit, dass es in dem Schloss spukt, dass die blonde Helene durch die Hallen umherwandert, getrennt von ihrem Liebhaber und verdammt dazu, in diesen Wänden zu bleiben, durch den Fluch von Black George.«

Als de Lacy still war, schauten Wrexler und ich auf das Porträt. Meine eigenen Gefühle waren in Aufregung. Es waren die Lippen eines Geists, die mich letzte Nacht berührt hatten; und dennoch konnten Geister mit Sicherheit nicht so schön sein oder so echt aussehen.

Wrexler drehte sich zu mir hin. »Es ist der Fluch, der immer über mir lag, denn wenn ich mich verliebe, dann wäre das mit einem Geist!«

Seine Augen waren lebhaft und leuchteten hell in seinem bleichen Gesicht. »Ich wusste sofort, als ich sie auf der Treppe gesehen habe, dass ich sie liebe«, sagte er.

»Es gibt da ein Gerücht«, sagte de Lacy, »dass dem Mann, der die schöne Helene sieht, ein Missgeschick widerfahren wird, es sei denn, sie küsst ihn. Dann ist er vor ihrem Zorn sicher.«

Ich zuckte zusammen. Wrexler lächelte. »Sie hat mich mit ihren Augen geküsst. Ich habe keine Angst.«

»Die schöne Helene bringt Männer dazu, zu leiden, um das Unrecht auszugleichen, das Black George ihr angetan hat. Seit Jahren hat man sie nicht mehr in Rougemont gesehen. Letzte Nacht, als Sie sie beschrieben haben, hatte ich Angst, mein Lord.«

De Lacy drehte sich zu mir hin.

»Schicken Sie ihren Freund fort. Wenn sie ihn nur angesehen und gelächelt hat, besteht eine große Gefahr für ihn, noch tödlicher, als man es erklären kann. Männer, denen die schöne Helene zugelächelt hat, haben seltsame Tode erfahren.«

Als Wrexler zu dem Porträt hochsah, erleuchtete ein inneres Licht seine Gesichtszüge. »Ich habe keine Angst«, wiederholte er.

»Es gibt viele Todesarten. Es gibt den Tod des Geistes, wie auch den Tod des Körpers. Ich flehe Sie an, gehen Sie, solange noch Zeit ist, Freund meines Lords«, sagte er.

Da steckte ein echtes Gefühl in de Lacys Stimme.

Auch ich hatte Angst um Wrexler.

Das seltsame, weltfremde Gefühl, das er immer hatte, das hingezogen werden zu etwas, das er nicht kannte, machte mich doppelt ängstlich.

Hatte die schöne Helene ihn die ganze Zeit über gerufen, über die halbe Welt hinweg?

Was mich anbelangte, hatte ich keine Furcht.

Sie hatte mich geküsst, und außerdem wäre selbst der Tod durch ihre Hände dem Umstand vorzuziehen, sie niemals wiederzusehen.

In diesen letzten Minuten hatte auch ich erkannt, dass ich Helene liebte, dass ich kaum die Nacht erwarten konnte, in der Hoffnung, sie wiederzusehen.

Entschlossen hielt ich meine eigenen Gefühle im Hintergrund, denn im Moment war Wrexler von außerordentlicher Bedeutung für mich. Wenn irgendetwas an der Geschichte von de Lacy dran war – und aus meiner eigenen Überzeugung heraus war es das – war Wrexler in Gefahr.

Ich drehte mich zu ihm hin. »Wenn dir irgendetwas passieren sollte, könnte ich mir nie vergeben. Es ist vielleicht besser, du gehst. Ich könnte eine Reise für dich arrangieren, und später – dann würde ich dich treffen.«

Irgendwie erschien mir de Lacy wie einer von uns zu sein. Ich spürte keine Zurückhaltung, in seiner Anwesenheit zu sprechen. In einer seltsamen Geschwindigkeit, die bei seltenen Gelegenheiten kommt, waren wir schon Freunde.

Wrexler schaute mich an, dann zurück auf das Porträt. Helene d'Harcourt, mit ihrem schillernden, rötlichen Haar, schaute auf uns herab.

Bevor er etwas sagte, wusste ich bereits, was er sagen würde, denn an seiner Stelle hätte ich das Gleiche gesagt, 'ich möchte bleiben, es sei denn, du schmeißt mich raus'.

Ich legte meine Hand auf Wrexlers Schulter. »So soll es dann sein. Komm mit, lass uns die Bibliothek besuchen, dann wissen wir alles über Rougemont. Wir haben alles andere gesehen.«

Wrexler löste seine Augen von dem Porträt, und er folgte uns.

Die Bibliothek war wunderschön, mit holzverkleideten Wänden, in denen sich Reihen um Reihen von Büchern befanden, die in ihnen versanken. Es gab dort einen langen Eichentisch und in dessen Mitte stand ein geschnitzter, vergoldeter Kasten, die Kassette, in welcher der Brief meines Vaters war.

Ich habe mir da gewünscht, dass ich ihn sofort hätte lesen können. Jetzt wünsche ich mir, dass ich es gemacht hätte, aber vielleicht ist es besser, dass ich es nicht gemacht habe. Wenigstens bewegten sich die Dinge in die Richtung, wie das Schicksal es bestimmt hatte, und die Verantwortung für das, was passierte, war nicht meine.

Die nächsten drei Tage waren ruhig und glücklich. Nicht passierte. Ich hatte keinen geisterhaften Besucher und Wrexler hatte nichts von Helene gesehen.

Unter der fachmännischen Führung von de Lacy ritten wir über das Anwesen, jagten mit Falken – ein Sport, der uns Freude machte und den wir beide ins Herz schlossen – mischten uns unter meinen Hofstaat und fanden die Leute bezaubernd und sehr kultiviert.

Wir nahmen Unterricht in alten Tänzen und besuchten die Gutshöfe. Es war alles sehr fröhlich und amüsant, und ich hatte kein Verlangen nach der Außenwelt. Ich bin noch nicht einmal runter ins Jagdschloss gegangen, um nach Zeitungen zu sehen.

Es gab viele Bereiche in dem Management des Anwesens, die ich im Detail mit de Lacy durchgehen musste. Wir verbrachten jeden Morgen mehrere Stunden, um die Geschäfte von Rougemont durchzugehen. Es war geradezu ein kleines Königreich, und alles wurde mir vorgelegt.

Zwangsläufig war Wrexler, in der Zeit, die ich mit de Lacy verbrachte, auf sich allein gestellt. Er hatte sich ziemlich stark verändert, seit wir nach Rougemont gekommen sind. Er war zum Leben erweckt und er stürzte sich mit großer Neugier auf alles.

Er war wie eine Person, die sehr krank war, sich plötzlich besser fühlt und Angst hat, dass alles nur vorübergehend ist und deswegen das Leben mit beiden Händen umschließt. Er verbrachte viele Stunden damit, die Dokumente über die d'Harcourts zu lesen, bis er deren Familiengeschichte so gut kannte, wie seine eigene.

Ich habe Helene nicht erwähnt, obwohl es kaum einen Moment gab, wo sie aus meinen Gedanken verschwunden war. Ich stellte fest, dass ich Tag und Nacht nach ihr Ausschau hielt, und ich sah die gleiche Anspannung in den Augen von Wrexler, als er in den Schatten herumsuchte.

In der dritten Nacht kam sie wieder, nicht zu mir, sondern zu Wrexler, und obwohl er mein Freund war, hasste ich ihn fast, denn er hatte sie gesehen, und ich nicht. Er hat mir das am nächsten Morgen erzählt, als wir am See entlangliefen.

»Jim«, sagte er plötzlich, »ich habe sie letzte Nacht gesehen. Sie ist in mein Zimmer gekommen. Sie hatte den Vorhang am Bett zur Seite gezogen und sich über mich gelehnt. Ich kann meine Empfindungen nicht beschreiben. Es war fast so, als wäre das Leben im Weltraum aufgegangen – wie eine Brücke über ein zeitloses Meer.«

Ich hatte nichts dazu zu sagen. Ich wusste nur zu gut, wie er fühlte.

»Sie lehnte sich näher und näher über mir herunter«, fuhr Wrexler fort, »dann lächelte sie, und bevor ich Atem holen konnte, um zu sprechen, war sie weg. Das ist das zweite Mal, das sie mich angelächelt hat. Ich fühlte eine nicht zu beschreibende Angst, denn es gab da einen drohenden Ausdruck in diesen roten Lippen. Sie hatte mich angesehen, als könnte ich selbst Black George sein.«

In diesem Moment war all mein Neid durch die Besorgnis um meinen Freund verflogen. In der Tat hätte ich mir gewünscht, sie hätte ihn geküsst, denn dann wäre er sicher gewesen.

Ich wollte sprechen und Wrexler bitten, Rougemont zu verlassen, aber bevor die Worte meinen Mund verlassen konnten, sah ich sie.

Sie stand in einiger Entfernung auf dem Weg in direkter Linie zu meinen Augen, und sie schüttelte eindrucksvoll ihren Kopf. Ich wusste sofort, was sie meinte. Ich sollte Wrexler nicht wegschicken.

Er konnte sie nicht sehen, denn in diesem Moment hatte er sein Gesicht mir zugewandt und seine Hand lag auf meinem Arm. Seine Finger, die mich berührten, waren ziemlich unruhig. Das brachte mich zurück in die Wirklichkeit.

»Wrexler«, rief ich, »du – könntest Rougemont verlassen.«

Ihre Augen trübten sich vor Ärger. Sie schaute mich vorwurfsvoll, ja gebieterisch an.

Als würde ich träumen, hörte ich meine eigene Stimme, »ich will nicht, dass du gehst, ich wäre einsam ohne dich. Vielleicht gibt es gar keine Gefahr.«

Wrexler schaute mich merkwürdig an.

»Da gibt es ein Risiko, ich weiß das, aber das ist mir egal, ich bin wie ein Mann, der eine starke und schreckliche Droge eingenommen hat, der die

Gefahr kennt, ihr aber nicht widerstehen kann. Ich werde bleiben.«

Hinter ihm lächelte Helene zufrieden, als sie auf Wrexlers breiten Rücken sah. Das machte mir Angst. Dann starrte sie plötzlich auf mich, und das Lächeln verwandelte sich in ein gleichgültiges, das alles bedeuten konnte. Mein Herz schlug schneller und ich vergaß meine Angst.

Wrexler bewegte sich unruhig hin und her und drehte sich herum, sodass wir Seite an Seite standen. Genau in dieser Sekunde war Helene verschwunden – wie, das weiß ich nicht. In der einen Minute war sie da, in der anderen nicht.

Wir gingen langsam weiter. Schließlich sprach Wrexler.

»Was auch immer passiert, und ich meine das im weitesten Sinn, mein Freund, musst du nichts bereuen.«

»Für eine kurze Zeit war ich glücklich. Ich bin zum Leben erweckt worden. Ich habe geliebt, obwohl die Frau, die ich liebe, ein Gespenst ist.«

»Ich habe Empfindungen gehabt, von denen ich dachte, ich würde sie nie erleben. Wenn ich sie in meinen Armen halten könnte und meine Lippen auf die ihren presse, könnte die Welt um mich herum gerne verloren sein.«

Ich konnte nichts sagen, denn – Gott sei mir gnädig! – ich wusste genau, wie er fühlte.

Die Tage gingen schnell vorüber. Ich habe Helene nicht wieder gesehen, aber Wrexler tat dies. Fast jeden Tag traf er sie im Rosengarten, wo sie lange Stunden miteinander verbrachten.

Er sagte mir, dass sie immer ausweichend war, aber gleichzeitig versprach sie, eines Tages wohlwollender zu sein. Er sagte, ihre Stimme sein wie goldener Honig, und ohne sie könnte er dem Leben nicht begegnen.

Einmal sah ich sie selbst, als ich von einem Gespräch mit de Lacy kam.

Als ich mich dem Rosengarten durch eine Öffnung in den Rundbögen näherte, sah ich sie,

Seite an Seite, auf der marmornen Bank sitzen, und von beiden sah Helene am irdischsten aus, denn Wrexler war mit jedem Tag bleicher und zerbrechlicher geworden. Seine Augen leuchteten, und er sah sie anhimmelnd an.

Sie sah mich zuerst, und ihre Lippen wölbten sich in lieblicher Weise. Sie erhob sich lässig, drehte mir den Rücken zu, machte einen kleinen Knicks vor Wrexler und dann, während ich immer noch hinsah, reichte sie ihm eine schlanke Hand.

Er beugte sich darüber und seine Lippen berührten ihre sanfte Blässe. Ein kleines Lachen, wie das Klimpern von silbernen Glöckchen, schwebte durch den Garten, und dann war sie verschwunden.

Wrexler stand da wie ein Mann im Trancezustand.

Ich trat schnell vor. »Du spielst mit dem Feuer«, rief ich.

Wrexler war aufgescheucht. »Du hast es gesehen?«

Ich nickte.

»Hast du jemals etwas Schöneres, Lieblicheres gesehen?«

Ich schüttelte meinen Kopf.

»Ich habe keine Angst mehr. Sie hat mir versprochen – «

Aber was Helene versprochen hatte, sollte ich nicht wissen, denn Wrexler schloss spontan seinen Mund. Als ich in drängte, schüttelte er seinen Kopf. Schließlich sagte er, wobei er seine Worte mit einer Zurückhaltung formulierte, die fremd für ihn war:

»Mir wird etwas gegeben, das außerhalb des Wissens eines sterblichen Mannes liegt. Ich kann dir nicht mehr sagen, aber eines Tages wirst du es wissen.«

Da war ein Ausdruck in seinem Gesicht, der das Irdische überstieg.

Am nächsten Abend sprach ich mit de Lacy und erzählte ihm von meiner Angst.

Wrexler verbrachte immer mehr Zeit im Rosengarten. Ich sah ihn kaum noch, und er wollte auch nichts mit mir diskutieren. Selbst bei den standesgemäßen, elegant servierten Mahlzeiten sprach er kaum etwas. Er schien immer auf etwas zu horchen – und zu warten.

De Lacy teilte meine Angst, aber er schlug nichts vor, was helfen könnte.

»Er wurde gezeichnet, mein Lord«, sagte er ernst. »Wir können nur beten. Aber selbst in den Gebeten gibt es keinen Zufluchtsort, denn Helene steht über diesen Dingen.«

»Natürlich – «, begann ich zu protestieren.

»Die Kraft des Übels«, fuhr er fort, »ist so stark wie die Kraft des Guten, zumindest gibt es zwischen diesen kaum einen Unterschied. Helene selbst ist durch ihren Hass auf Black George festgebunden.«

Flüche leben, ich wusste das, wie man an der andauernden Wirkung der Flüche und Verwünschungen der ägyptischen Priester erkennen kann.

»Aber Helene ist nicht das Böse«, sagte ich dazu.

De Lacy schüttelte seinen Kopf. »Sie ist von ihrem Liebhaber abgeschnitten. Sie hat keine gütigen Gefühle, Männern gegenüber. Erinnern Sie sich, sie hat Rache versprochen, Jahrhundert für Jahrhundert, an diesem Tag im großen Saal.«

In dieser Nacht, in der Stille meiner Kammer, rief ich ihren Namen. »Helene! Helene!« Ich warf meine quälenden Aufforderungen in die Nacht hinaus, aber es gab keine Antwort.

Ich ging in Gedanken die Geschichten durch die mir de Lacy erzählt hatte, von dem Chaos, das sie angerichtet hatte, wie ein Mann sich vom höchsten Turm hinuntergestürzt hat und dabei ihren Namen rief, wie ein anderer tot im Rosengarten aufgefunden wurde, mit vom Schrecken gezeichneten Gesicht.

Da gab es noch andere, die sie angesehen haben, und dann kamen der Tod oder der Wahnsinn.

Je mehr ich an diese Horrorgeschichten dachte, umso mehr fürchtete ich um Wrexler.

Schließlich konnte ich es nicht mehr aushalten. Ich steckte meine Arme in diese reichlich verzierte Samtrobe, die den Platz meines Morgenmantels eingenommen hatte, und ging in Wrexlers Zimmer. Die Wächter traten zu Seite, um mich vorbeizulassen.

Ich hatte nicht die Absicht, ihn zu wecken, aber eine innere Vorahnung gab mir das Gefühl, dass ich wissen musste, dass er sicher war.

Als ich die Vorhänge an seinem Bett beiseitezog, konnte ich den Schrei nicht ganz unterdrücken, der von meinen Lippen kam, denn das Bett war leer. Auf dem Kissen lag aber eine kleine weiße Rose. Sie war von der Art, wie sie in Frankreich bei Beerdigungskränzen verwendet werden. Mein Herz hört fast auf zu schlagen.

Der Rosengarten! – oder vielleicht die Bibliothek. Mir kam ein eher beruhigender Gedanke. Wrexler hat vielleicht noch etwas lesen wollen.

Ich eilte in die Halle und fand dort de Lacy, der auf mich wartete und der von den Wachen herbeigerufen wurde. Er hielt einen silbernen Kerzenhalter, in dem eine große weiße Kerze brannte.

»Die Bibliothek!«, keuchte ich. Diese war am nächsten, wir sollten es zuerst dort versuchen.

De Lacy erkannte die Bedeutung meiner Worte. Er hatte augenblicklich die Situation erfasst, und sein Gesicht war weiß und angespannt …

Zusammen gingen wir die gewundene Treppe hinunter, zusammen erreichten wir die Bibliothek. Dann, nachdem ich de Lacy ein Zeichen gegeben hatte, hinter mich zu gehen, warf ich die Tür auf.

Der Raum war hell erleuchtet, obwohl keine der Kerzen an der Wand angezündet worden war.

In der Mitte stand Wrexler mit Helene in seinen Armen. Ihre Lippen waren fest aufeinandergepresst.

Es war ein Anblick, den ein Künstler mit Freuden gemalt hätte; die steifen, purpurnen Röcke von Helene d'Harcourt standen auf beiden

Seiten weit ab, und Wrexlers blauer Wams und die blauen Hosen erschienen vor diesem Hintergrund wie ein erhabenes Relief. Seine langen, mit Fell versehenen Überärmel hingen graziös herunter.

Ich konnte nicht sprechen. Diese Paarung eines Menschen mit einem Geist war fast mehr, als mein armes, sterbliches Gehirn verkraften konnte; und dennoch, mit jedem Teilchen meiner Existenz, wünschte ich an Wrexlers Stelle zu sein.

Ich erinnerte mich an den einen Kuss, den ich von ihr bekam und fiel fast in Ohnmacht, bei dem Gedanken, diese Lippen für mich selbst zu haben, so wie es Wrexler machte.

Seltsam genug, vermischt mit diesem Gefühl, gab es ein anderes – eine Empfindung von Furcht und Besorgnis für meinen Freund. Der kalte Schrecken, der mein Blut einfrieren ließ, hielt mich fest verwurzelt auf der Stelle.

Hinter mir war de Lacy auf die Knie gefallen. Ich konnte ihn hören, wie er die lateinischen Worte eines Gebets wiederholte.

Plötzlich sah ich, wo all das Licht herkam. Die gesamte Nordwand, normalerweise voller Bücher, war verschwunden. An ihrer Stelle war nun eine Steinwand und in deren Mitte war eine niedrige gotische Tür, mit Schnitzereien und Verzierungen. Sie stand offen, und dahinter war ein bleicher, leuchtkräftiger gelber Dunstvorhang.

Ich konnte nicht sehen, ob es noch etwas anderes hinter dieser Tür gab, denn der gelbe Dunst füllte den ganzen Raum. Er war wie ein goldener Nebel und seine Ausstrahlung beleuchtete die Bibliothek mit einem seltsamen, überirdischen Lichtschein. Seine Leuchtkraft schimmerte auf Helene und Wrexler, wie ein Scheinwerfer.

Für einen Moment dachte ich, dass Rougemont, de Lacy, und alles andere in der vergangenen Woche, ein Traum gewesen sein mussten und dass ich mir einen Film über vergangene Zeiten anschaute.

Plötzlich, und vor meinen erstaunten Augen, bewegte Helene ihre Lippen, weg von denen Wrexlers. Sie entglitt seinen Armen und streckte ihre Arme nach ihm aus. »Komm«, hörte ich sie sagen.

Wrexler hatte recht: Ihre Stimme war wie goldener Honig. Sie war wie die Musik von Weidenbäumen im ersten Frühling.

Wrexler erfasste ihre Hände. Zum ersten Mal konnte ich sein Gesicht sehen. Freude hatte es verklärt, solch eine Freude, wie ich sie nie zuvor gesehen hatte und auch nie wieder sehen werde.

Helene ging zurück, langsam aber bestimmt, und zog ihn in Richtung der kleinen gotischen Tür, die offenstand. Mit ihren weichen, halb geöffneten Lippen flüsterte sie, »Komm.«

»Wrexler«, rief ich plötzlich.

Er hörte mich nicht. Als er in ihre Augen blickte, war er vielleicht wie ein Vogel, der von einer Schlange in den Bann gezogen wurde. Nichts konnte den Zauber durchbrechen, unter dem er stand.

Sie kamen näher an die Tür. Jede Sekunde brachte sie dichter heran. Nun war Helene schon auf der anderen Seite. Der goldene Dunst umgab sie, bis sie aussah wie eine Göttin in seinem gespensterhaften Licht.

»Wrexler! Wrexler!« Die Worte jagten durch meine Kehle.

Wrexler ging über die Türschwelle.

Durch den goldenen Dunst hindurch sah ich ihn, wie er Helene wieder mit seinen Armen umklammerte. Ich sah, wie sie mich triumphierend anlächelte, als sie seine Lippen zu den seinen erhob. Es gab da etwas in ihren Augen, das mich mit Schrecken erfüllte.

Der Nebel umschloss sie, bis ich nur noch undeutlich die Umrisse ihrer Gestalten durch den gleißenden Dunstschleier erkennen konnte. Dann schwang die Tür langsam zu.

Ich erwachte in eine fieberhafte Aktivität. »Wrexler! Wrexler!« Ich schrie und rannte vor zur Tür.

Ich ergriff den eisernen Ring, der in der Mitte hing. Ich zog mit aller Macht daran. Als ich feststellte, dass er all meinen Bemühungen widerstand, begann ich gegen die Tür selbst zu schlagen.

Plötzlich fühlte ich, wie ich weggezogen wurde.

»Es hat keinen Zweck, mein Lord«, sagte die Stimme von de Lacy. »Die Tür ist verschwunden.«

»Verschwunden!«, rief ich aus, und als ich das sagte, sah ich, was er meinte.

Die Nordwand der Bibliothek war wieder voller Bücher, wie es immer der Fall war. Ich hatte wie ohnmächtig gegen sie geschlagen.

Ich schaute herunter auf meine Hände. Die Knöchel waren wund und bluteten, genauso, wie sie es gewesen wäre, wenn man gegen eine schwere, mit Schnitzereien versehene Holztür hämmert.

De Lacy erfasst meine Gedanken.

»Die Tür war dort gewesen, mein Lord. Es war die verlorene Tür – die Tür hinter der Black George Helene d'Harcourt begraben hatte. Sie war für Jahrhunderte verloren.«

Ich sank in einen Stuhl, völlig geschwächt, denn nun war die Tatsache, dass ich Wrexler, meinen Freund, verloren hatte, von überragender Bedeutung.

»Ich werde die Wände niederreißen, bis ich das Grab gefunden habe«, sagte ich zu mir.

»Das wurde bereits gemacht, mein Lord, und es wurde nie gefunden. Es wird niemals mehr gefunden werden. Nur für einen kurzen Moment wurde uns ein flüchtiger Blick gestattet, auf etwas, was wir nicht verstehen können.«

»Und Wrexler – «, stöhnte ich.

»Er war glücklich«, beruhigte mich de Lacy. »Egal, was danach passiert, er war in einer Glückseligkeit, wie ich sie nie zuvor gesehen habe.«

Mein Kopf neigte sich nach vorne und ich wusste nicht weiter.

Drei Tage später wurde ich von de Lacy in die Bibliothek begleitet, zu der ich mich, nach

Wrexlers Verlust, mehr als zuvor hingezogen fühlte. In einer großen Zeremonie wurde mir der Schlüssel zur vergoldeten Kassette übergeben, und dann hatte man mich allein gelassen.

Ich setzte mich in den großen Stuhl vor dem Eichentisch und schloss die Kassette auf.

Sie enthielt mehre Seiten, die durch die Hand meines Vaters eng beschrieben waren.

Darauf befanden sich Anweisungen für meine zukünftigen Durchführungen der Geschäfte, meine Fürsorge für Rougemont, was er getan hatte und was er von mir erwartete, zu tun.

Aber die Zeilen, die mich am meisten interessierten, waren diese:

'Ich habe Rougemont für deine Mutter gekauft, kurz nach deiner Geburt, denn als wir Reitausflüge auf dem Land unternahmen, sah sie es und liebte es. Es war ein Kauf, der mich teuer zustehen kam, denn auf Rougemont lastete ein Fluch eines rachsüchtigen Geistes in Gestalt eines wunderschönen Mädchens, die das Glück der anderen nicht ertragen konnte. So starb meine Frau'.

'Zwei Monate nach dem Tod deiner Mutter sah ich die schönen Helene. Wir bekämpften uns in einer langen Schlacht, sie und ich, aber ich war stark, mein Sohn, denn ich liebte deine Mutter. Kein Charme einer anderen Frau konnte mich in mein Unheil locken. Schließlich traf ich eine Abmachung mit einem Geist'.

'Sie hasste moderne Dinge und sehnte sich danach, dass Rougemont wieder großartig würde. Ich versprach, Rougemont zu restaurieren und in seine ehemalige Pracht zu bringen, es so zu machen, wie es in ihren Tagen war, und als Gegenleistung versprach sie mir Unversehrtheit und danach dir und meinem ganzen Hofstaat, wenn ich ihn eingerichtet hatte'.

'Ich habe Rougemont restauriert. Ich habe wieder Menschen hineingebracht. Mit ihrer Hilfe und ihrem Rat habe ich es so hergerichtet, wie es in ihren Tagen war'.

'Sie zeigte mir die versteckten Schatzkammern der d'Harcourts, sodass ich genug Geld zur Verfügung hatte, die Dinge zu kaufen, die sie wollte'.

'Auch sie hat sich an ihr Versprechen gehalten, denn ich und mein Hofstaat lebten hier glücklich und unbelästigt. Nur wenn jemand von außen kam oder jemand nicht gehorchte und sich nach der Außenwelt sehnte, hat sie Rache genommen'.

'Sie hatte geschworen, dir den Kuss zu geben, der Unverletzlichkeit verspricht, in der Nacht, in der du ankommst. Nur sei vorsichtig, mein Sohn, wen du hier herbringst, aus der Welt, die du kennst, und sei vorsichtig vor der liebreizenden Helene. Als alter Mann, der ich bin, der Erinnerung an das Andenken deiner Mutter ergeben, so wie es ist, kann sie dennoch immer noch meinen Puls springen lassen'.

'Vor allen Dingen gerate nicht in Versuchung, die Türschwelle zu übertreten, sollte sie dir die verlorene Tür zeigen, denn auf diesem Weg, es sei denn, du wärst die Wiederauferstehung des Engländers, liegt die Vernichtung'.

Es gab noch viel mehr Seiten, die sich auf andere Dinge bezogen, aber ich legte sie für einen anderen Tag zur Seite.

Allein in der Bibliothek ließ ich meine Augen umherschweifen, auf die Stelle, wo die kleine gotische Tür gewesen war.

War Wrexler der Engländer, der zurück auf die Erde gekommen war, um seine Braut zu beanspruchen? Könnte das die seltsamen und unbefriedigten Sehnsüchte erklären, die er immer hatte, seine Unähnlichkeit mit anderen Menschen? Oder war er Black George, der nach Rougemont zurück gelockt wurde, für Helenes Rache?

Ich hoffe um seiner selbst willen, dass das nicht die Erklärung war, und dass er und Helene ihr Glück finden würden, hinter der verlorenen Tür, und dass ich Helene nie wiedersehen würde.

Die Tage vergehen. Ich mache das, was mein Vater mir aufgetragen hat. Ich halte seine Vereinbarung mit dem Geist der schönen Helene. Ich verlasse niemals Rougemont. Ich habe kein Verlangen danach, dennoch hoffe ich, dass ich eines Tages die verlorene Tür finden werde.

MASKE DES TODES

Eine sonderbare und unheimliche Geschichte von einem seltsamen Verbrecher, der sich selbst Doktor Satan nannte, und dem schrecklichen Unheil, mit dem er seine Feinde zu Fall brachte.

1. Die grausame Lähmung

Eine der schönsten Buchten an der Küste von Maine drängt sich in eine Stadt hinein, die sich vierzehn Monate zuvor nur auf dem Reißbrett eines Architekten befand.

Rund um den fast völlig vom Land umschlossenen Hafen gibt es wunderschöne Wohnhäuser, Badestrände, Parks. Auf der einzigen Hauptstraße befinden sich vorbildliche Geschäfte. Kleine Hotels und Gaststätten verteilten sich in den Außenbezirken. Die Straßen sind so ausgelegt, dass sich sie sich von dem großen Hotel im Zentrum wie Speichen von einem Knotenpunkt aus verteilten.

Es gibt ein Wasserwerk und eine Landebahn, ein Elektrizitätswerk und eine Bücherei.

Sie sieht aus wie eine ganzjährig bewohnte Stadt, aber das ist sie nicht. Blue Bay, wie sie genannt wird, ist nur ein Erholungsort …

Nur? Es ist der ultimative Erholungsort!

Die Millionäre, die ihn finanzierten, haben achtzehn Millionen Dollar dafür ausgegeben. Sie haben ihn an eine gute Verbindungsstraße nach New York gesetzt. Sie fliegen ihn mit Flugzeugen an oder haben Buslinien, die dorthin fahren. Sie werden dabei fünfhundert Prozent an ihrem Investment verdienen, bei Grundstücks-geschäften und an Mieteinnahmen.

An der offiziellen Eröffnungsnacht war der Ort vollkommen offen. In jedem der schönen Sommerhäuser brannten die Lichter, ob das betreffende Haus bewohnt war oder nicht. Die Geschäfte hatten geöffnet, egal, ob es schon genügend Kunden gab.

Die Gasthäuser und kleinen Hotels waren fröhlich geschmückt.

Es war aber in dem großen Hotel am Knotenpunkt der Stadt, wo die Vergnügungen, die zu solch einer Eröffnungsnacht gehören, am ausgeprägtesten waren.

Jeder Raum und jede Suite war gebucht. Die Lobby war voller Menschen. Formell gekleidete Gäste schlenderten die Promenade entlang und versuchten verzweifelt, Einlass zu dem überfüllten Dachgarten zu bekommen.

Dort, wo die Tische bis an die Grenzen des Fassungsvermögens besetzt waren und Aushilfskellner ihr Bestes gaben, den verlangten luxuriösen Service zu bieten, war man gerade beim zweiten Teil der berühmten Blue Bay Varieté-Vorstellung.

Auf der kleinen Tanzfläche, in der Mitte der Tische, war eine Tänzerin. Sie führte einen Sklaventanz auf, wobei sie sich von ihren Fesseln zu befreien versuchte. Der Scheinwerfer brannte, der Vollmond, der seinen Silberschein runter durch das geöffnete Dach warf, fügte seine blauen Strahlen hinzu.

Die Tänzerin war ausgezeichnet. Die Zuschauer waren hingerissen. Ein älterer Mann mit Halbglatze und ein wenig zu beleibt, schien besonders gebannt zu sein.

Er saß alleine an einem Tisch in der ersten Reihe und hatte ihr den ganzen Abend über einen besonderen Respekt bezeugt, denn er war Mathew Weems, Besitzer eines großen Aktienpakets an der Blue Bay Sommerresidenz Entwicklungsgesellschaft, und ein sehr reicher Mann.

Weems lehnte sich vor über seinen Tisch und starrte die Tänzerin mit sinnlich geöffneten Lippen an. Und sie, in voller Kenntnis seiner Aufmerksamkeit und seines Reichtums, übertraf sich selbst.

Eine alltägliche Szene könnte man sagen – die Eröffnungsnacht eines Luxus-Resorts. Ein reicher Witwer, der sich auf den windenden, nackten Körper eine Tänzerin konzentriert, Leute die gedankenlos applaudieren …

Aber die Szene sollte sich in der Tat bald weit von einer Alltäglichkeit befinden – und der Grund dieser Veränderung würde Weems sein.

Unter den Leuten, die vor dem Eingang zum Dachgarten standen und den Wunsch hatten, sich hineinzwängen zu können, kam einige Aufregung auf, wegen einer Frau, die zwischen ihnen lief.

Sie war groß, schlank, aber auf zarte Weise verlockend, mit einem kleinen, wohlgeformten Kopf auf ihrem schmalen Hals. Die Blässe ihrer reinen Haut und die Größe ihrer besonders dunklen Augen ließen ihr Gesicht wie eine Blume auf einem Elfenbeinstängel erscheinen. Sie war in einem cremigen Gelb gekleidet, und es zeigten sich die Rundungen ihres perfekten Körpers, wenn diese durch ihren anmutigen Gang in ihrem Kleid abgeformt wurden.

Viele Leute starrten auf sie und schauten sich dann – mit fragendem Blick – untereinander an.

Sie hatte sich erst am späten Nachmittag im Hotel angemeldet, aber war bereits Gegenstand von Spekulationen. Im Register stand ihr Name als Madame 'Sin' [engl.: Sünde], und die besser Informierten wagten die Meinung zu vertreten, dass sie und ihr Name nur der Werbung dienten, um bei den Nachrichten über die Eröffnung nachzuhelfen.

Madame Sin betrat den Dachgarten mit der Sicherheit von jemanden, auf den schon ein Tisch wartet, und sie lief am Rand der kleinen Tanzfläche entlang.

Sie bewegte sich still und offensichtlich mit der Absicht, die Aufmerksamkeit nicht von dem Sklaventanz abzulenken. Doch als sie so entlang ging, folgten ihr die Augen, anstatt den wunderschönen Bewegungen der Tänzerin.

Sie ging am Tisch von Weems vorbei. Mit der Eifrigkeit eines Mannes, der eine kurze Bekanntschaft gemacht hatte und sie wachsen lassen wollte, stand Weems von seinem Tisch auf und verbeugte sich.

Die Frau, bekannt als Madame Sin, lächelte ein wenig. Sie sprach mit ihm und ihre exotischen dunklen Augen schienen zu spotten. Ihre schmalen Hände spielten unruhig mit der kleinen Goldketten-Handtasche, die sie trug. Dann ging sie weiter. Weems setzte sich wieder an seinen Tisch, und seine Augen fuhren fort mit der zufriedenen Musterung der sich windenden Tänzerin.

Sie bewegte sich zu ihm hin und kämpfte anmutig mit ihren symbolischen Ketten. Weems hob geistesabwesend ein Glas Champagner an seine Lippen. Er hielt inne, mit halb erhobener Hand und den Augen fest auf die Tänzerin gerichtet.

Der Scheinwerfer erfasste die Flüssigkeit in seinem erhobenen Glas und ließ darauf kleine Lichter herumspringen.

Die Tänzerin wirbelte weiter. Weems blieb wie festgewurzelt und starrte auf die Stelle, wo sie gewesen war. Sein Glas in der Hand war auf halbem Weg erhoben, zwischen dem Tisch und seinem Gesicht. Er sah aus wie ein Mann, der jählings zu Eis erstarrt ist – oder von einem plötzlichen Gedanken erfasst wurde.

Das Sklavenmädchen wirbelte weiter. Aber nun, als sie sich umdrehte, schaute sie öfter in Weems Richtung, und ein kleines Stirnrunzeln der Verwirrung zeichnete sich auf ihrer Stirn ab, denn Weems bewegte sich nicht; seltsam, irgendwie beunruhigend, verharrte er in der gleichen Position.

Mehrere Leute bemerkten ihr unaufhörliches Hinsehen und drehte ihre Augen in die gleiche Richtung. Es gab einiges amüsiertes Lächeln beim Anblick des beleibten, reichen Mannes, der dort saß, mit seinen geweiteten und sich nicht rührenden Augen und seiner Hand, die auf halbem Weg zwischen Tisch und Gesicht erhoben war. Aber bald sahen das auch die anderen, die zuvor noch mit ihren Blicken der Tänzerin gefolgt waren. Weems blieb schon zu lange in seiner seltsamen Haltung.

Die Tänzerin beendete ihre schon fast abgeschlossene Nummer und sauste in den Umkleideraum. Die Lichter gingen an. Und nun schaute jeder in der Nähe von Weems auf ihn, während sich diejenigen, die weiter weg waren, erhoben, um den Mann zu sehen.

Er saß immer noch so da wie zuvor. Er war wie eingefroren oder gelähmt. Seine starrenden Augen waren auf die Stelle gerichtet, wo sich die Tänzerin befunden hatte, und seine halb erhobene Hand hielt das Glas fest.

Ein Freund von Weems sprang hastig auf und eilte an den Tisch des Mannes.

»Weems«, sagte er in scharfem Ton, während seine Hand auf der Schulter des Mannes ruhte.

Weems machte keine Anzeichen, dass er etwas gehört oder die Berührung gefühlt hätte. Immer noch saß er so da, starrte auf nichts, mit der zum Trinken halb erhobenen Hand.

»Weems!«, scharf und erschreckt klang die Stimme des schockierten Freundes, und alle auf der Dachterrasse hörten es, denn nunmehr waren alle still und starrten mit immer angsterfüllten Augen auf Weems.

Der Freund bewegte seine Hand langsam und zögerlich von den starrenden Augen von Weems hin und her, und dessen Augen blinzelten nicht.

»Weems – um Gottes willen! – was ist los mit dir?«

Der Freund fing an zu zittern, mit einem wachsenden Schrecken in seinem Gesicht, und er spürte hier etwas, dass nicht in seiner Macht stand, es zu begreifen. Er wusste nur halb, was er tat, und nur einem Instinkt der Furcht vor dieser unnatürlichen Haltung folgend, legte er seine Hand auf den erhobenen Arm von Weems und drückte ihn auf den Tisch. Der Arm ging wie ein mechanisches 'Etwas' herunter. Das Champagnerglas berührte den Tisch.

Eine Frau am Nachbartisch schrie und kam mit einem Quietschen ihres Stuhls auf ihre Füße, der selbst wie ein dünnes Kreischen von Furcht klang, denn der Arm von Weems, als er losgelassen wurde, kam langsam wieder in die gleiche Stellung hoch, in der er war, als der Mann aufgehört hatte, ein lebendiges Wesen zu sein und stattdessen zu einer Statue wurde, angezogen in Dinner-Kleidung, mit einem Glas in seiner Hand.

»Weems!«, schrie der Freund.

Und dann begann das Orchester zu spielen, laut, mit metallischer Heiterkeit, als der Oberkellner eine bizarre Tragödie witterte und sich entschloss, diese zu überdecken, wie solche Angelegenheiten, bei solchen Anlässen, immer überdeckt werden.

Weems saß noch da, die Augen weit geöffnet, die Hand halb zu den Lippen erhoben. Er behielt diese Position, als vier Männer ihn zu den Aufzügen trugen und hinunter in die Suite des Arztes.

Er verharrte immer noch so, als sie ihn in einen Sessel setzten, leicht vorgelehnt, als stünde immer noch ein Tisch vor ihm. Seine Augen starrten, und die Hand war halb zum Trinken erhoben.

Das Champagnerglas war nun leer, und sein Inhalt hatte seine Kleidung verschmutzt und die Teppiche auf der Dachterrasse, als die vier ihn vom Tisch erhoben. Er hielt es aber immer noch mit seiner steifen Hand umklammert, und kein Versuch, es aus seinen merkwürdig erstarrten Fingern zu holen, war erfolgreich ...

Die Festivitäten der groß angekündigten Eröffnungsnacht gingen weiter, überall in der neuentstandenen Stadt von Blue Bay.

Auf der Dachterrasse waren mehrere Hundert Leute. Sie unterhielten sich nicht mehr und tranken oder tanzten nicht, während ihre erschreckten Gedanken immer noch bei den seltsamen Dingen waren, die sie gesehen hatten.

Aber, abgesehen von diesen, hatten die anderswo Feiernden eine sorglose, gute Zeit, ohne an irgendeine Gefahr zu denken.

Es gab jedoch keine Anzeichen von Ausgelassenheit in der Tower-Büro-Suite des riesigen Blue Bay Hotels, nur zwei Stockwerke unter dem Dachgarten. Die drei Manager der Blue Bay Company saßen dort und ihre Gesichter zeigten eine wilde Aufregung.

»Was um alles in der Welt sollen wir machen?«, schimpfte Chichester, mager, nervös, trockenhäutig, Sekretär und Finanzleiter der Gesellschaft.

»Weems ist der größte Aktionär«, sagte er. Er ist national bekannt. Sein Krankheitsanfall hier, am gleichen Tag der Eröffnungsnacht, wird uns negative Schlagzeilen bringen, die so ungünstig sind, dass sie Blue Bay für Monate in die roten Zahlen bringen könnten. Sie wissen, wie Katastrophen manchmal einen Ort vernichten.

»Höchst unglücklich«, seufzte der schwergewichtige, dickbäuchige Martin Gest und knabberte an seinen Lippen. Gest war Präsident der Gesellschaft.

»Unglücklich – zur Hölle damit!«, schnappte Kroner, der Vizepräsident.

Kroner war ein Selfmademan, etwas aufbrausend, ziemlich laut, der in einem übertrieben modischen Dinner-Anzug steckte.

»Das bedeutet, wir müssen es vertuschen, wenn noch irgendetwas passieren sollte«, sagte er.

»Hat der Arzt noch nicht herausgefunden, was mit Weems los ist?«, brachte Chichester zitternd heraus.

Kroner fluchte. »Sie haben den letzten Bericht gehört, wie auch der Rest von uns hier.«

»Doktor Gray hat so etwas noch nie gesehen. Weems scheint gelähmt zu sein, dennoch gibt es keine der typischen Symptome für eine normale Lähmung, geschweige denn für eine gänzliche Einschränkung der Beweglichkeit. Es gibt keinen wahrnehmbaren Herzschlag – und dennoch ist er durchaus nicht tot; das völlige Fehlen einer Totenstarre und ein schwacher Hinweis auf eine Blutzirkulation, beweisen das. Er bleibt einfach immer in der gleichen Position. Wenn man Arme und Hände bewegt, gegen sie anschließend langsam in die Ausgangsstellung zurück, nachdem man wieder loslässt. Er zeigt keine Reflexe, und offensichtlich hört, fühlt oder sieht er nichts.«

»Wie ein Starrkrampf«, seufzte Gest.

Kroner nickte und befeuchtete seine fiebrigen Lippen.

»Genau wie ein Starrkrampf«, sagte er. »Nur, dass es das nicht ist. Gray kann darauf schwören. Aber was es ist, kann er nicht sagen.«

Chichester fummelte in seiner Tasche herum.

»Ihr beide habt heute Abend über mich gelacht, als ich mich über diese Nachricht Sorgen gemacht habe, die uns zugestellt wurde.«

»Noch vor ein paar Minuten habt ihr mich kleingeredet. Aber ich sage Euch noch einmal, ich glaube, dass es da eine Verbindung gibt. Ich denke, dass derjenige, der diese Nachricht geschrieben hat, wer auch immer er war, Weems genau dazu gebracht hat, wie er jetzt ist – und nicht, dass die Nachricht von einem Spinner geschrieben wurde und die Krankheit von Weems nur zufällig damit zusammenhängt.«

»Unsinn!«, sagte Gest. »Die Nachricht wurde entweder von einem Verrückten geschrieben oder von irgendeinem Gauner, der sich einen verrückten, absonderlichen Namen zugelegt hat.«

»Aber er hat das vorausgesagt, was mit Weems passiert ist«, fügte Chichester zaudernd hinzu.

»Und er sagt, dass es davon mehr geben wird – viel mehr – genug, um Blue Bay für immer zu ruinieren, wenn wir seine Forderungen nicht erfüllen.«

»Blödsinn!«, sagte Kroner schroff. »Weems ist nur krank geworden, das ist alles. Er hat etwas so Seltenes, dass die meisten Ärzte das nicht erkennen können, das aber gleichzeitig etwas ganz Gewöhnliches ist.«

»Wir können darüber schweigen und lassen ihn heimlich durch Grays behandeln. Das wird die öffentliche Aufmerksamkeit ausschließen.«

Er klopfte mit schweren, geröteten Knöcheln auf die Nachricht, die Chichester auf den Konferenztisch gelegt hatte.

»Das ist Betrug, eine Schaumschlägeridee von irgendeinem Kleinkriminellen, der Geld aus uns herausholen will.«

Er ging ans Telefon, um noch einmal in der Suite von Doktor Gray anzurufen, wegen eines erneuten Berichts über Weems Zustand.

Die anderen beiden beugten sich nahe heran, um zu lauschen.

Ein Luftzug kam durch das offene Fenster. Es bewegte die Zettel mit der Nachricht auf dem Tisch und legte sie teilweise offen.

' *… Unglück und Schrecken werden die wichtigsten, wenngleich ungeladenen Gäste auf ihrer Eröffnungsfeier sein, wenn sie meine Forderungen nicht erfüllen. Mathew Weems wird nur der Erste sein, wenn sie nicht bis ein Uhr morgens ein Zeichen geben, dass Sie meine Forderungen erfüllen werden*'.

Die Papiere schlossen sich, als der Luftzug verschwand. Dann klappten sie noch einmal um, sodass die Unterschrift sichtbar wurde, und klappten wieder zu.

Die Unterschrift war: 'Doktor Satan!'

2. Die lebenden Toten

Um zwei Uhr am Morgen, zweieinhalb Stunden nach dem seltsamen Anfall von Mathew Weems, und während Gest und Kroner und Chichester in der Suite von Doktor Gray waren und ängstlich auf den leidgeprüften Mann schauten, befanden sich acht Gäste in dem eleganten, kleinen Roulette-Zimmer des Blue Bay Hotels im vierzehnten Stockwerk.

Die acht Personen, vier Männer und vier Frauen, verfolgten aufgespannt das Roulette-Rad. Die Wetten wurden über das nummerierte Brett verstreut, und einige der Einsätze waren sehr hoch.

Als alle Einsätze gemacht waren, ließ der Croupier die kleine elfenbeinerne Kugel um das sich bereits drehende Rad kreisen, und alle schauten hin. An der Tür stand eine Frau. Sie war groß, schlank, aber üppig geformt, mit einem Gesicht wie eine bleiche Blume auf ihrem langen, eleganten Hals. Madame Sin.

Sie kam in den Raum herein, mit einem kleinen Lächeln auf ihren roten, sehr roten Lippen. In ihren spitz zulaufenden Fingern hielte sie eine Goldketten-Handtasche. Sie öffnete diese, nicht um Chips zu kaufen, sondern ging einfach an den Tisch. Dort bewegten sich zwei Männer ein wenig zur Seite, um ihr, mit einem Lächeln, Platz zu machen. »Ich danke Ihnen vielmals«, sagte sie als Wertschätzung ihrer Zuvorkommenheit.

Ihre Stimme war ungewöhnlich attraktiv, wie auch der Rest von ihr, tief, klar, ein bisschen rau. »Ich möchte nur ein wenig zusehen«, sagte sie, »ich habe nicht die Absicht, zu spielen.«

Das Rad stoppte. Die Kugel fiel in den Spalt mit der Nummer neunzehn. Die Aufmerksamkeit derjenigen, die am Tisch standen, war aber zwischen dieser und der Frau gespalten, die unverschämt genug war, oder genügend Humor hatte, sich selbst Madame Sin zu nennen. In den Augen der Männer war Bewunderung. In den Augen der Frauen war das Misstrauen, das immer kommt, wenn eine andere Frau vorbeikommt, deren Reize wirklich gefährlich sind für den Seelenfrieden eines Mannes.

»Machen Sie ihr Spiel«, mahnte der Croupier ungeduldig, der die Kugel zwischen dem bleichen Daumen und dem Zeigefinger hielt, während er bereit war, das Rad wieder zu drehen.

Die vier Paare machten ihre Einsätze. Madame Sin beobachtete alles aus ihren dunklen, exotischen Augen. Sie drehte sich langsam herum, mit ihrer Goldketten-Handtasche entspannt in ihrer linken Hand. Sie tat das so, dass sie eine komplette, lässige Umdrehung machte, als würde sie nach jemandem Ausschau halten. Dann, mit ihren roten Lippen, die immer noch zu einem Lächeln geformt waren, schaute sie wieder auf den Tisch.

Der Croupier drehte das Rad und schnipste den Ball hinein. Die acht Spieler schauten hin …

Und in dieser Haltung verharrten sie. Es gab keinerlei Bewegung irgendwelcher Art mehr von irgendjemanden von ihnen. Es schien so, als wären sie zu Eisblöcken gefroren, durch einen plötzlichen Luftzug aus dem kalten Weltraum, oder so – als wäre ein Film an der Spule angehalten worden, so abrupt, dass er zu einem

Stillleben wurde, mit allen Schauspielern mitten in ihren Bewegungen und halb geformten Ausdrücken auf ihren Gesichtern.

Ein großes blondes Mädchen beugte sich weit über den Tisch, mit ihrer linken Hand, die über ihrem Einsatz auf Nummer neunundzwanzig schwebte. Neben ihr ein Mann mit einer Zigarette in seinem Mund und einem Feuerzeug in seiner linken Hand, dass er gerade anschnipsen wollte. Zwei andere Männer waren dabei, sich anzuschauen, und die Lippen von einem waren auseinander, für eine Bemerkung, die er gerade machen wollte. Der Rest von ihnen starrte auf das Rad, mit Armen, die an ihren Seiten herunterhingen.

Und genau in dieser Position verblieben sie, Minute um Minute.

Während dieser Zeit schaute sie Madame Sin an, und ihr Lächeln wurde nun zu etwas, das einem das Blut in den Adern gefrieren lassen konnte. Ihr Gesichtsausdruck war so gelassen wie immer, und es gab keine erkennbaren Linien einer vorsich gehenden Grausamkeit in ihrem Gesicht.

Sie sah eher aus wie eine Freundin, die sich umschaute.

Sie ging zu dem Croupier, der dastand und auf das Rad starrte, mit seinem offenen Mund, der zu gähnen begann.

Die Halle hinunter kam das Scheppern von Aufzugtüren und der Klang von Lachen und Stimmen. Madame Sin ging zur Tür. Dort hielt sie inne und ging mit Absicht wieder zurück zu dem Tisch. Geschwind ging sie von der einen zur anderen eingefrorenen, starren Gestalt in ihren lebensechten, aber sehr steifen Positionen, und dann zurück zur Tür.

Lächelnd verließ sie den Raum und schritt an fünf oder sechs Personen vorbei, die gerade dabei waren, für ein kleines Spiel einzutreten. Sie war fast bei den Aufzugschächten angelangt, als sie das Kreischen einer Frau hörte, der wie ein Messer die Luft zerschnitt, gefolgt von dem heißeren Rufen eines Mannes, der fast soviel Schrecken ausdrückte, wie es das Kreischen gemacht hatte.

Immer noch lächelnd, vollkommen gelassen, ging sie in einen der Aufzüge – und der junge

Aufzugführer schauderte ein wenig, als er sie ansah. Er hatte den Schrei nicht gehört und wusste nicht, dass irgendetwas nicht in Ordnung war. Er wusste nur, dass etwas in dem Lächeln dieser liebreizenden Frau war, das ihm kalte Schauer auf seinem Rücken rauf und runter schickte.

Es war ein verbittertes, weißgesichtiges Trio, das am nächsten Morgen um elf Uhr in dem Konferenzraum des Blue Bay Hotels saß.

Weder Chichester, noch Gest noch Kroner – keiner hatte auch nur für einen Moment in der Nacht Schlaf gefunden.

Sie waren in der Suite von Doktor Gray mit Weems, als ein zitternder junger Mann herauf gestolpert kam – auch noch ein gut bekanntes Klubmitglied, was zusätzlich unglücklich war – um von der schrecklichen Sache zu berichten, die er im Roulette-Zimmer gesehen hatte.

Mit einem Schreckgefühl, das in ihre Brust kroch, gingen die drei dorthin, schon halb wissend, was sie sehen würden.

Neun mehr, den Croupier mitgezählt, in dem Zustand, in dem sich Weems befand! Neun weitere Leute, mit allem Leben, allem Schwung, mitten in der Bewegung festgehalten!

Das waren nun zehn in einer Art von grauenhafter Starre, die sie in ihren Klauen hält und in der sie sich nicht bewegten, noch merkbar atmeten – zehn die tot waren, nach allen Tests der Wissenschaft, die aber, wie jeder Laie auf den ersten Blick sehen konnte, doch unzweifelhaft am Leben waren!

»Die Blue Bay Entwicklungsgesellschaft ist ruiniert«, grummelte Kroner. Das wurde zwar bereits ein Dutzend mal von jedem der drei ausgesprochen, aber die Worte brachten die anderen beiden dazu, ihn trotzdem in hektischer Ablehnung anzusehen.

»Wenn wir das vertuschen können – nur für eine kurze Zeit – nur bis – «

»Bis was?«, schnappte Kroner. »Wenn wir nur eine Idee hätten, wie diese mysteriöse Krankheit diese Leute wieder verlassen kann!«

»Wir können die Nachrichten vielleicht für einen Tag zurückhalten – wenn wir irgendeine Sicherheit hätten, dass am Ende von vierundzwanzig oder vielleicht achtundvierzig Stunden alles wieder in Ordnung ist. Aber die haben wir nicht.«

»Sie könnten vielleicht für Monate in diesem Zustand bleiben, bis sie sterben – sie können auch in ein paar Stunden sterben. Grays kann das nicht sagen. Das ist jenseits seiner medizinischen Erfahrung.«

»Deshalb erscheint es mir richtig zu sein, die öffentliche Verlautbarung jetzt herauszugeben, dem Ruin bei der Entwicklung dieser Residenz ins Auge sehen und die Sache hinter uns bringen.«

Chichester sprach fast in einem Flüstern:

»Dieser Doktor Satan, oder wer auch immer er ist, gibt uns in seiner Nachricht eine Versicherung. Er sagt, wenn wir zahlen, was er verlangt, werden

sich die zehn Leute erholen und alles wird in Ordnung kommen.«

»Und wenn wir zahlen, was er verlangt, sind wir genauso ruiniert, als wenn wir durch die Publicity vernichtet werden«, widersprach Gest.

Kroner schaute auf den runzeligen Finanzchef.

»Ich bin überrascht«, sagte er, »dass Sie so was auch nur vorschlagen, Chichester. Aber sie haben es nicht nur vorgeschlagen – sie haben sich dafür die ganze Nacht lang starkgemacht! Kriegen Sie einen Anteil oder sonst etwas von dem Doktor Satan?«

»Gentlemen«, beruhigte Gest, als sich Chichester schon halb von seinem Stuhl erhoben hatte. »Wir sind in einer zu ernsten Klemme, um uns kleinliche Streitereien zu gönnen. Wir müssen entscheiden, was wir tun sollen – «

»Ich würde vorschlagen, dass wir die Polizei rufen«, knurrte Kroner.

»Ich kann immer noch nicht glauben, dass irgendein menschliches Wesen oder auch ein lebender Toter oder wie auch immer man ihn

nennen mag, einen solchen Zustand der Starre bei anderen menschlichen Wesen bewirken kann.«

»Nichtsdestotrotz, angesichts der Drohnachricht von Doktor Satan, könnte sich hier ein äußerst kriminelles Element handeln, über das die Polizei informiert sein sollte.«

»Lasst uns noch mit der Polizei warten«, widersprach Gest. »Wir haben bereits etwas Besseres als das gemacht, indem wir Ascott Keane gerufen haben, uns zu helfen.«

Es zeigte sich eine leichte Rötung auf Chichesters trockener Haut. »Ich sage immer noch, dass das eine dumme Entscheidung war!«, schnappte er.

»Ascott Keane? Wer ist das überhaupt? Er ist nicht bekannt für irgendwelche detektivischen Arbeiten, oder irgend eine andere Arbeit. Der Sohn eines reichen Mannes – Faulenzer – Dilettant.«

»Was wir hätten tun müssen, war Doktor Satan nach seiner ersten Nachricht zu kontaktieren, oder spätestens nachdem es Weems erwischt hat.«

Dann hätten wir uns die neun im Roulette-Zimmer erspart und gleichzeitig unser Projekt hier gerettet.«

»Sie wollen diesem Gauner unseren ganzen Überschuss ausbezahlen?«, fauchte Kroner. »Sie geben ihm eine Million achthunderttausend in bar, wenn Sie noch nicht einmal wissen, ob er überhaupt seine Hand in dem Spiel hatte, bei dem, was die zehn befallen hat?«

»Es ist eine Million achthunderttausend wert, unseren Anteil an Blue Bay zu retten«, sagte Chichester hartnäckig.

»Und, was Doktor Satan anbelangt, ob er seine Hand in dem schrecklichen Schicksal von Weems im Spiel hatte und dem Rest – er hatte es uns vorab mitgeteilt, hatte er das nicht?«

»Bitte«, seufzte Gest wieder, als sich der rotgesichtige Vizepräsident und der schrumpelige Finanzchef zum zweiten Mal in der Wolle hatten. »Wir – «

Die Tür der Büro-Suite flog auf. Der Direktionsassistent des Hotels taumelte in das

Zimmer. Seine Augen funkelten vor Aufregung. Sein jugendliches Gesicht war verzerrt.

»Ich habe gerade etwas herausgefunden, von dem ich denke, dass es überaus wichtig ist«, keuchte er, »etwas in dem Roulette-Zimmer!«

»Ich war die ganze Nacht über dort, wie Sie wissen, und habe alles abgesucht, ob ich vergiftete Nadeln finden konnte, die an Tisch oder Stühlen befestigt waren, oder irgendetwas in der Art, und durch reinen Zufall habe ich etwas anderes bemerkt. Das Roulette-Rad! Es ist – «

Er hielt inne.

»Machen Sie weiter! Machen Sie weiter!«, drängte Kroner. »Was ist mit dem Roulette-Rad?«

'Was für eine mögliche Verbindung könnte es zu dem haben', dachte er sich, was den Leuten in diesem Zimmer passiert ist?

Er starrte auf den jungen Direktionsassistenten, wie auch Gest und Chichester taten, mit vor Spannung zusammengepressten Händen.

Und dann schlug der Direktionsassistent langsam und wie ein gefällter Baum nach vorne und auf sein Gesicht auf.

»Mein Gott – «

»Was ist mit ihm passiert?«

Die drei gingen zusammen zu ihm hin. Sie rollten ihn herum, hoben seinen Kopf an und begannen seine Hände zu reiben. Es war aber alles umsonst. Und innerhalb eines Moments zeigte sich dies deutlich in ihren Gesichtern, als sie sich gegenseitig anblickten.

»Ein weiterer Erfolg für Doktor Satan«, flüstere Chichester, den es schauderte, obwohl er fast ohnmächtig wurde. »Er ist – tot.«

Gest öffnete seinen Mund, als wolle er dies verneinen, schloss aber wieder seine Lippen.

Der Direktionsassistent war offensichtlich tot, niedergestreckt, nur einen Moment, bevor er ihnen die wichtigen Nachrichten überbringen konnte, von etwas, das er aufgedeckt hatte.

Er starb, als wäre er vom Blitz getroffen worden, genau zur rechten Zeit, um eine Enthüllung zu verhindern. Es schien so, als dass das Wesen, das sich selbst Doktor Satan nennt, hier wäre, in diesem Büro, und er hatte gehandelt, um sich selbst zu schützen!

Der zitternde Chichester schaute sich ängstlich um. Und Gest sagte: »Mein Gott – wenn Ascott Keane nur hier wäre – «

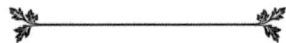

3. Die stehengebliebene Uhr

Unten an der Tür zur Lobby glitt ein langes, geschlossenes Auto heran. Zwei Leute stiegen aus.

Einer davon war groß gewachsen, breitschultrig mit einer Adlernase, starken Kiefern und bleichen, grauen Augen unter den starken schwarzen Augenbrauen.

Die andere Person war ein Mädchen, ziemlich groß für ihr Geschlecht, mit wunderbaren

Formen, rötlich-braunem Haar und dunkeln blauen Augen.

Die beiden gingen zur Rezeption in der Lobby.

»Ascott Kane«, stellte sich der Mann vor, »und Sekretärin Beatrice Dale.«

»Ihre Suite ist bereit für Sie, Mr Keane«, sagte der Rezeptionist dienstbeflissen. »Aber wir hatten keine Nachricht erhalten, dass auch ihre Sekretärin kommt. Sollen wir – «

»Eine Suite für sie auf dem gleichen Flur, wenn möglich«, sagte Keane sofort. »Ist Mr Gest im Hotel?«

»Ja Sir, er ist oben im Tower-Büro.«

»Lassen Sie den Jungen meine Sachen hochbringen. Ich gehe zuerst ins Büro. Schicken Sie eine Nachricht nach oben, welche Suite Miss Dale gegeben wurde.«

Keane nickte Beatrice zu und ging zu den Aufzügen.

»Sekretärin!«, stöhnte der Schlüsselverwalter zu dem Oberpagen. »Zu was braucht der eine

Sekretärin? Er hat in seinem Leben nie gearbeitet. Er hat unzählige Millionen Dollar geerbt und spielt die ganze Zeit nur herum. Ich wünschte, ich wäre Ascott Keane.«

Der Oberpage nickte. »Das ist alles sehr leicht für ihn. Die härteste Arbeit, die er hat, ist Dividendencoupons abzuschnibbeln.«

Das hätte Keane ein wenig lächeln lassen, wenn er es gehört hätte, den der Angestellte und der Page teilten die Meinung über ihn, welche der Rest der Welt hatte, eine Meinung, die er sorgfältig pflegte. Nur wenige wussten etwas über sein wirkliches Interesse im Leben, nämlich die Aufklärung von Kriminalfällen.

Er war angespannt, als er in den Vorraum der Büro-Suite trat. Gest, einer der wenigen Leute, die etwas von seiner einzigartigen Detektivarbeit wussten, hatte etwas über einen Doktor Satan gesagt, als er ihn mit einem Ferngespräch erreicht hatte.

Doktor Satan! Die reine Erwähnung dieses Namens war genug, um Keane von überall herkommen zu lassen, wo auch immer er war.

Seine Energie war am höchsten und scharfsinnigsten Punkt, bei dem Versuch endlich ein unbekanntes Individuum zu zerquetschen, der für seine kriminellen Vergnügen lebte.

Sobald er die Tür geöffnet hatte, wurde klar, dass etwas nicht stimmte. Es saß niemand am Büro-Empfang und durch die hinter liegenden, verschlossen Türen kam das Gemurmel aufgeregter Stimmen.

Keane ging zu der Tür, wo das Gemurmel am lautesten war und öffnete sie.

Er starrte hinein auf drei Männer, die sich über einen vierten beugten, der auf dem Boden lag, steif und bewegungslos – offensichtlich tot! Keane ging zu ihnen hin.

»Wer sind Sie, Sir?«, knirschte Kroner. »Was zum Teufel – «

»Keane!«, hauchte Gest. »Gott sei Dank sind Sie hier! Es hat gerade einen Mord gegeben. Ich bin sicher, dass es Mord war – aber wie er ausgeführt wurde, und wer es getan hat, ist ziemlich außerhalb meines Wissens.«

»Ist das ihr Ascott Keane?«, sagte Kroner, in einem etwas anderen Tonfall. Seine Augen zeigten doch ein wenig Respekt, als sie auf denen von Keane ruhten, hellgrau und mit eiskalter Ruhe.

»Ja, das ist Keane«, sagte Guest, »und das ist Kroner, Vizepräsident, und das ist Chichester, der Finanzchef«, stellte er die anderen vor.

Keane nickte und schaute auf den toten Mann.

»Und der hier?«

»Wilson, Direktionsassistent. Er kam vor Kurzem hier herein und sagte, er hätte uns etwas außerordentlich Wichtiges über die Spieler im Roulette-Zimmer zu sagen … «

Keane nickte. Man hatte ihm von dem Vorfall im Roulette-Zimmer berichtet, gerade als er das Flugzeug nach Blue Bay nahm. Gest schluckte schmerzlich und fuhr fort:

»Wilson war gerade dabei, etwas zu erklären. Es sprach von dem Roulette-Rad, und dann fiel er in den Tod. Im wahrsten Sinne des Wortes.«

»Er fiel vornüber auf sein Gesicht, als hätte man ihn erschossen. Aber das wurde er nicht. Es gibt keine Anzeichen an seinem Körper.«

»Und er konnte auch nicht vergiftet worden sein, bevor er hierherkam. Kein Gift kann so präzise wirken und in genau in der Sekunde zuschlagen, als er uns seine Entdeckung offenbaren wollte.«

»Und der Arztbericht?«, sagte Keane.

»Grays, der Arzt des Hauses, ist gerade auf seinem Weg nach hier oben. Wir haben direkt das Botenmädchen geschickt, um ihn zu holen. Sie wissen, wie sich diese Dinge verbreiten, und wir wollten nicht, dass die Mädchen in der Telefonzentrale das jetzt schon mitbekommen.«

Keanes bestätigender Blick war bitter.

»Natürlich, die Öffentlichkeit. Wir müssen und beeilen, um Blue Bay zu retten«, sagte Keane.

»Wenn Sie das jetzt überhaupt noch tun können«, murmelte Chichester.

Die Tür öffnete sich und Doktor Grays trat ein. Seine braunen Augen machten einen konsternierten Eindruck, als er den Mann am Boden sah.

Sie ließen ihn allein, um den Körper zu untersuchen, und die drei Offiziellen gaben Keane alle Einzelheiten, die sie kannten – was die seltsame Tragödie betraf, die Weems überkommen hatte und, zweieinhalb Stunden später, die neun im Roulette-Zimmer.

Sie gingen in den Konferenzraum zurück. Grays sah sie an.

»Wilson ist an einem Herzinfarkt gestorben«, sagte er. »Die Symptome sind unmissverständlich. Sein Tod erscheint normal … «

»Normal, aber sehr schön zeitlich abgepasst«, murmelte Keane.

»Richtig«, sagte der Arzt und nickte. »Wir werden sofort eine Autopsie durchführen lassen.«

»Die Polizei ist auf dem Weg hierher. Sie sind indirekt von uns angestellt, wie alle hier in Blue Bay, aber auch sie werden nicht in der Lage sein, das für längere Zeit aus den Zeitungen herauszuhalten.«

»Wo sind Weems und der Rest?«, sagte Keane.

»In meiner Suite«, sagte der Arzt.

»Ich würde sie gerne sehen, bitte.«

In der Suite von Doktor Gray starrte Keane auf die seltsamen Gestalten, die im Schlafzimmer abgesondert wurden. Seine Augen hatten zum ersten Mal ihre Gelassenheit verloren.

Dieser Raum wurde verschlossen gehalten, um die Möglichkeit auszuschließen, dass ein Zimmermädchen oder irgendein anderer Hotelangestellter versehentlich hereinkommt. Eine unvorbereitete Person könnte, zumindest vorübergehend, verrückt werden, bei dem plötzlichen Anblick der zehn Personen im Schlafzimmer.

In einem Stuhl in der Nähe der Tür saß Weems.

Er war ein wenig nach vorne gebeugt, als würde er sich über einen Tisch lehnen. Er starrte ohne zu Zwinkern in den Raum. Seine Hand hielt immer noch ein Champagnerglas, das nahe an seine Lippen erhoben war.

Im Zimmer standen die anderen neun herum, jeder in der Haltung, die er hatte, als die Starre sie im Roulette-Zimmer überkommen hat.

Sie starrten mit weit offenen Augen vor sich hin, bewegungslos, ausdruckslos. Es war, als würde man in einem Wachsfiguren-Museum herumlaufen, ausgenommen, dass diese statuenhaften Gestalten aus Fleisch und Blut waren und nicht aus Wachs.

»Sie sind alle tot, soweit man das mit medizinischen Tests feststellen kann«, sagte Grays.

Da waren Furcht und Schrecken in seiner Stimme, als er fortfuhr: »Dennoch – sie sind nicht tot! Ein Kind kann das mit einem kurzen Blick erkennen. Ich weiß nicht, was hier passiert ist.«

»Warum legen Sie sie nicht ins Bett?«, sagte Keane.

»Das können wir nicht. Jeder von ihnen scheint unter einer Art Bann zu stehen, der es für ihren

Körper unmöglich macht, irgendeine andere Haltung einzunehmen als diese.«

»Wir haben sie runter gelegt – aber im Nu waren sie wieder aufgestanden und in der vorherigen Haltung.«

»Sie bewegen sich wie Schlafwandler, wie tote Wesen! Schauen Sie.«

Er drückte den Arm von Weems sanft herunter.

Langsam hob er sich wieder, bis das Champagnerglas nahe an seinen Lippen war. In der Zwischenzeit hatten die Augen des Mannes nicht ein einziges Mal gezwinkert. Er war sich der Berührung vollkommen unbewusst, als wäre er wirklich tot.

»Schrecklich!«, sagte Chichester mit zittriger Stimme. »Vielleicht ist es eine neue Art von Krankheit.«

»Das denke ich nicht«, sagte Keane, mit sanfter, aber dennoch herber Stimme.

Er schaute auf einen Nachttisch, auf dem Schmuck, Taschentücher, Brieftaschen, Kleingeld auf einen Haufen gelegt waren.

»Was ist mit dieser Sammlung?«, fragte er.

»Die persönlichen Sachen dieser Leute«, sagte Gest, der sich den Schweiß von seinem bleichen Gesicht wischte.

Keane ging zu dem Stapel hin und sichtete ihn. Er wurde sofort durch das unerklärliche Fehlen von bestimmten Sachen erschreckt. Er konnte das nicht sofort zuordnen; dann tat er es.

»Ihre Uhren!«, sagte er. »Wo sind sie?«

»Uhren?«, sagte Gest. »Ich weiß er nicht. Ich habe nicht daran gedacht.«

»Es gibt hier zehn Leute«, sagte Keane, »und nur eine Uhr! Normalerweise hätten mindestens acht von ihnen eine, eingeschlossen die Frauen mit ihrem Juwelenschmuck.«

»Aber da ist nur eine … Erinnern Sie sich, wer diese trug und wem sie gehört?«

Er nahm die Uhr hoch, eine Herren-Taschenuhr ohne Kette.

»Das ist die Uhr von Weems. Er hatte sie in seinen Hosentaschen.«

»Ein seltsamer Platz dafür«, sagte Keane. »Ich sehe, dass sie stehen geblieben ist.«

Er zog die Uhr auf, aber der kleine Sekundenzeiger bewegte sich nicht. Er konnte auch die Aufzugswelle nur ein klein wenig drehen, was bewies, dass die Antriebsfeder nicht abgelaufen war.

Die Zeiger sagen elf Uhr einunddreißig. »War das die Zeit, als Weems – als Weems starr wurde?«, sagte Keane.

Gest nickte. »Komisch, seine Uhr hörte auf, sich zu bewegen, als auch er es tat!«

»Sehr komisch«, sagte Keane ausdruckslos. »Schicken Sie diese sofort zu einem Juwelier, um herauszufinden, was mit ihr los ist.«

»Nun, sie sagten, dass ihr Direktionsassistent tot umfiel, gerade als er etwas über das Roulette-Rad sagen wollte, richtig?«

»Ja«, sagte Gest. »Es war so, als wäre dieser Doktor Satan direkt unter uns gewesen und hätte ihn mit einer lautlosen Kugel getötet, gerade bevor er darüber sprechen konnte.«

Keanes Augen glänzten.

»Ich würde mir gerne das Roulette-Zimmer genauer ansehen.«

»Die Polizei ist hier«, sagte Grays, der am Telefon stand und sich herumdrehte.

Keane blickte Gest an. »Halten Sie sie für ein paar Minuten vom Roulette-Zimmer fern.«

Dann ging er hinaus zu den Aufzügen.

Sein erster Gedanke, nachdem er sich in dem Roulette-Zimmer eingeschlossen hatte, in dem neun Leute von etwas getroffen wurden, das, wenn es so weiterging, schlimmer war als irgend ein anderer Tod, war die Sache, die der Direktionsassistent erwähnt hatte, bevor ihn der Tod traf – das Roulette-Rad.

Er beugte sich darüber, mit einer finsteren Miene auf seinem Gesicht, und seine flinken Augen erfassten sofort etwas, das eine andere Person für eine ganze Weile hätte übersehen können.

Das Rad war tellerförmig, wie es alle Roulette-Räder sind. In seinem runden Boden gab es nummerierte Schlitze, wo die Elfenbeinkugel ihre Reise beenden soll und das Glück des Spielers bekannt gibt.

Die kleine Kugel war nicht in irgendeinem Schlitz am Boden.

Die winzige elfenbeinerne Kugel befand sich in halber Höhe auf den abgerundeten Seiten des Rads, wie eine Erbse, die hoch oben an der Neigung eines Tellers festhängt!

Ein Ausruf kam von Keanes Lippen. Er starrte auf die Kugel. Was, in Himmels Namen!, hielt sie davon ab, die steile Neigung in den abgerundeten Boden hinunterzurollen? Warum sollte eine Kugel auf der Neigung verharren? Es war, als hätte man eine Wasserschale zur Seite geneigt – und die

Oberfläche des Wassers wäre der Neigung gefolgt, anstatt in der Waagerechten zu bleiben.

Er nahm die Kugel von der geneigten Seite ab. Sie war sofort frei, aber mit einem fast nicht spürbaren Widerstand, als würde sie von einem Gummiband gehalten werden.

Er rollte sie herunter auf den Boden des Rads. Wieder frei, rollte sie zurück in ihre ehemalige Position, wie Wasser, das den Hügel hinaufläuft.

Keane fühlte, wie ihn ein Schaudern erfasste.

Die Gesetze der Physik waren durchbrochen! Eine Kugel, die auf einer Neigung festsitzt, anstatt herunterzurollen!

Welches dunkle Geheimnis der Natur hat Doktor Satan nun gemeistert?

Die Frage blieb aber in seinem Kopf nicht ganz unbeantwortet. Er bekam bereits einen vagen Hinweis darauf. Und kurz danach wurde dieser Hinweis verstärkt.

Das Telefon klingelte, und er nahm den Hörer ab.

»Mr Keane? Hier ist Doktor Grays. Die Autopsie von Wilson wurde begonnen, und bereits jetzt wurde eine seltsame Sache entdeckt. Es geht um sein Herz.«

»Ja«, sagte Keane, der den Hörer fest in der Hand hielt.

»Sein Herz«, sagte der Doktor, »ist an hundert Stellen geplatzt, als wäre darin eine kleine Bombe explodiert! Fragen Sie mich nicht warum, ich kann Ihnen noch nicht einmal eine Theorie geben. Es ist einmalig in der medizinischen Geschichte.«

»Ich frage Sie nicht warum«, sagte Keane ruhig. »Ich denke – in Kürze – werde ich Ihnen sagen, warum.«

Er stand auf und ging in Richtung der Tür. Am Roulette-Tisch hielt er aber inne und schaute mit seinen grauen, eisig leuchtenden Augen auf das Rad.

Es erschien ihm so, als hätte sich das Rad ein wenig bewegt.

Er hatte unbewusst die so seltsam anhaftende Kugel in Richtung zu dem Knopf an der nach außen führenden Tür ausgerichtet, als er sie vor Kurzem untersucht hatte.

Nun, als er auf demselben Platz stand, war die Kugel nicht ganz auf dieser Linie. Es war so, als hätte sich das Rad einen Bruchteil von einem Zoll bewegt.

»Ja, ich denke, das ist es«, flüsterte er vor sich hin, mit einem Gesicht, das ein wenig bleicher war als sonst.

Und ein wenig später veränderten sich auch die Worte in seinem Gehirn. 'Ich weiß, das ist es. Ein teuflisches Genie ... das ist die gefährlichste Sache, die Doktor Satan je zu beherrschen gelernt hat!'.

Er sprach über das Telefon mit dem Juwelier, zu dem die Uhr von Weems geschickt wurde.

»Was haben Sie mit dieser Uhr gemacht?«, sagte der Juwelier ganz irritiert.

»Warum?«, kam die Antwort von Keane.

»Es scheint nichts an ihr kaputt zu sein, und dennoch will sie einfach nicht laufen. Und ich kann sie nicht zum Laufen bringen.«

Da ist überhaupt nichts an ihr kaputt?«, fragte Keane.

»Soweit ich herausfinden konnte – nichts.

Keane legte auf.

Er hatte zum dutzendsten Mal die Nachricht mit der Forderung von Doktor Satan gelesen, die dieser an die Offiziellen geschickt hatte.

'Gentlemen von der Blue Bay Entwicklungsgesellschaft: Hiermit verlange ich die Zahlung von einer Million achthundertzweitausend, fünfhundertundvierzig Dollar und achtundvierzig Cents an einem Ort und zu einer Zeit, die später festgelegt werden. Als Beispiel, was passieren wird, wenn sie diese Nachricht ignorieren, werde ich einen ihrer Gäste, Mathew Weems, treffen, innerhalb von ein paar Minuten, nachdem sie dies gelesen haben. Ich

garantiere, dass Unglück und Schrecken die wichtigsten, wenn auch ungebeten Gäste auf ihrer Eröffnungsfeier sein werden, wenn sie meine Forderungen nicht erfüllen. Mathew Weems wird nur der Erste sein, wenn sie nicht bis ein Uhr morgens ein Zeichen geben, dass Sie meine Forderungen erfüllen werden'. Doktor Satan.'

Keane gab die Nachricht zurück an den Polizeichef, der für einen Moment ein wenig unsicher daran herumtastete und sie dann in seine Tasche steckte. Normalerweise war er ein kompetenter Mann, aber in diesem Fall völlig von der Rolle.

Ein Mann mit einem Herz, das scheinbar im Inneren explodiert ist, zehn Leute, die tot waren und dennoch lebten, wie gefrorene Statuen ...

Er schaute Ascott Keane flehentlich an, von dem er noch nie etwas gehört hatte, der aber eine Aura der Autorität und Kompetenz wie einen Umhang um sich trug. Keane sagte aber nichts zu ihm.

»Ein ungewöhnlicher Betrag für eine Erpressung«, sagte er zu Gest.

»Eine Million achthundertzweitausend, fünfhundertundvierzig Dollar und achtundvierzig Cents! Warum nicht ein glatter Betrag?«

Er sprach mehr zu sich selbst als zu dem Präsidenten von Blue Bay, aber Gest antwortete sofort.

Das ist genau die Summe der Barreserven von der Blue Bay Entwicklungsgesellschaft.«

Keane schaute ihn scharf an. »Wird ihr Finanzbericht veröffentlicht?«

Gest schüttelte seinen Kopf. »Das ist streng vertraulich. Nur die Bank und wir selbst kennen die Zahl unserer Barreserve. Ich habe keine Ahnung, wie dieser Gauner, der sich selbst Doktor Satan nennt, das herausgefunden hat.

4. Die Hülle

Das Haus am Ufer der Bucht war fröhlich und wunderschön. Die Sonne strahlte von seinen weißen Wänden zurück und schaute durch die Fenster der hinteren Terrasse. Sie schien dort auf eine groteske Figur, ein Mann mit dem Torso eines Giganten, aber ohne Beine – eine Gestalt, die sich auf den Flächen von schwieligen Händen vorwärts bewegte und mit muskulären Armen anschob.

Aber diese Gestalt war nicht so absonderlich wie diejenige, die man im Haus finden konnte, hinter heruntergezogenen Jalousien, um neugierige Augen fernzuhalten.

Hier, in einem düsteren Raum, den man als Bibliothek bezeichnen könnte, stand ein großer Mann neben einem flachen Pult.

Alles, was man jedoch sagen konnte, war, dass er männlich war, denn er war von den Hacken bis zum Kopf in einem roten Umhang verhüllt. Die Hände stecken in roten Gummihandschuhen.

Das Gesicht war von einer roten Marke verdeckt, und über den Kopf war ein rotes Käppchen gezogen, mit zwei kleinen Ausbuchtungen, die wie eine Spottimitation der Hörner von Luzifer aussahen.

Doktor Satan!

In den Händen mit den roten Handschuhen befand sich eine Goldketten-Handtasche. Doktor Satan öffnete sie. Aus der Tasche zog er etwas heraus, dass kaum zu analysieren und fast nicht zu beschreiben war.

Es war ein Gegenstand aus Metall. Es schien ein Modell aus schillerndem Stahl zu sein, etwas, das mit Raumgeometrie zu tun hat, ein eckiger, kleiner Käfig, einen Zoll breit und dreieinhalb Zoll im rechten Winkel. Das heißt, im ersten Moment erschien er rechtwinklig. Aber bei genauerem Hinsehen hätte man feststellen können, dass keine gegenüberliegenden Seiten des kleinen Käfigs parallel waren. Jeder Winkel, jede Gerade, waren ein wenig verschieden.

Doktor Satan zeigte mit ihm auf die Wand der Bibliothek. Das Ende, mit dem er zeigte, war ein wenig breiter als das Ende auf seiner Handfläche. An diesem breiteren Ende war ein Stab, der nur auf einer Seite befestigt war. Die rot bedeckten Finger bewegten diesen Stab zur Probe, sehr vorsichtig, sodass er einen geringfügig veränderten Winkel zu den Seiten bekam …

Die Bibliothek wurde zu Nebel und verschwand dann im Nichts. Die Straße draußen war keine Straße. Dort gab es jetzt eine kahle Ebene, übersät mit steinigem Schiefer, wie eine Landschaft auf dem Mond.

Der kleine Stab wurde zurückbewegt, und die Bibliothek war wieder an ihrem Platz. Ein Kichern kam von den Lippen hinter der roten Maske, mit einem Klang, der einen Zuhörer ein wenig erzittern lassen würde. Dann verwandelte es sich in ein Knurren.

»Perfekt! Aber wieder kommt mir dieser Ascott Keane dazwischen. Dieses Mal muss es mir gelingen, ihn zu entfernen. Ein explodierendes Herz … «

Er steckte dem mysteriösen kleinen Käfig in die Goldketten-Handtasche und öffnete die

Schublade des Sekretärs. Daraus nahm er ein Geschäftsdokument. Es war ein Kohlepapier-durchschlag mit Zahlen darauf.

»Bostiff … «, rief er.

Bei diesem Ruf rührte sich der beinlose Gigant auf der hinteren Terrasse. Er bewegte sich auf riesigen Armen zur Tür und in die Bibliothek …

In seiner Turm-Suite lief Keane auf und ab, die Arme hinter sich verschränkt. Beatrice Dale beobachtete ihn mit ruhigen, intelligenten Augen.

Er sprach, nicht direkt zu ihr, sondern mehr zu sich selbst, wobei er laut die Dinge aufzählte, die er seit seiner Ankunft hier aufgedeckt hatte.

»Ein paar Minuten nachdem er mit Madame Sin gesprochen hatte, wurde Weems getroffen – die Lady mit dem seltsamen Namen wurde auch gesehen, als sie aus dem Roulette-Zimmer kam, ungefähr zu der Zeit, als eine Gesellschaft von Leuten eintrat und dort den Croupier und acht

Gäste vorfand, die sich von Menschen in Statuen verwandelt hatten.«

Er runzelte die Stirn.

»Die Uhren wurden von all den Leidenden an dieser seltsamen Starre weggenommen, ausgenommen von Weems. Von wem? Madame Sin?«

»Die Uhr von Weems ist absolut in Ordnung, aber sie läuft nicht.«

»Die Kugel auf dem Roulette-Rad bleibt auf der Neigung hängen, anstatt runter in einen Schlitz zu rollen, wie es der Fall wäre, wenn das Rad nicht in Bewegung ist. Das Rad aber scheint nicht völlig bewegungslos zu sein. Es hat sich offensichtlich einen Bruchteil von einem Zoll bewegt, in den fünfundvierzig Minuten, in denen ich im Zimmer war.«

»Sind Sie sicher, dass Sie es nicht berührt haben?«, sagte Beatrice. »Diese Räder sind sehr fein ausbalanciert.«

»Nicht so fein! Ich habe es kaum mit meinen Fingern berührt, als ich die Elfenbeinkugel untersucht habe.«

»Nein, ich habe es nicht bewegt. Aber ich bin sicher, dass *ich* mich bewegt habe ... «

Von der Tür kam ein Klopfen. Er ging hin. Gest stand im Flur.

»Hier ist der Generalschlüssel«, sagte er und hielt Keane einen Schlüssel hin. »Ich habe ihn vom Manager bekommen. Aber – sind sie sicher, dass es notwendig ist, die Räume von Madame Sin zu betreten?«

»Unbedingt«, sagte Keane.

»Im Moment ist sie drinnen«, sagte der Präsident. »Könnten Sie – nur um einen Skandal zu vermeiden – insofern, da Sie nicht vorhaben zu klopfen bevor sie hineingehen ... «

Er schaute auf Beatrice. Keane lächelte.

»Ich werde Miss Dale zuerst hineingehen lassen. Wenn Madame Sin nicht angezogen ist oder – sich vergnügt – kann sich Miss Dale entschuldigen und zurückziehen. Ich bin aber sicher, dass Madame Sin nichts von dem Eindringen bemerkt. Trotz der Überzeugung ihres Schlüsselverwalters, dass sie drin ist, bin ich mir ziemlich sicher, dass sie weg ist, zumindest bildhaft gesprochen.«

»Bildhaft gesprochen weg?«, wiederholte Gest. »Ich verstehe nicht.«

»Das werden Sie später, es sei denn, es ist die Zeit gekommen, wo es mir bestimmt ist, den Kampf zu verlieren, den ich gegen den Teufel führe, der sich selbst Doktor Satan nennt.«

»Sind Chichester und Kroner im Hotel?«

Gest schüttelte mit dem Kopf.

»Kroner ist im Türkischen Bad, zwei Blocks die Straße runter, und Chichester ist vor zehn Minuten nach Hause gegangen.

»Madame Sin wird nichts von dem Eindringen bemerken«, wiederholte Keane geheimnisvoll und mit scheinbarer Gleichgültigkeit.

Er drehte sich zu Beatrice hin, und die zwei gingen zu dem Zimmer dieser mysteriösen Frau.

Keane schloss sanft Madame Sins Flurtür hinter sich, nachdem Beatrice zuerst allein hineingegangen war. Sie berichtete, dass die Frau allein und in einem, wie es schien, tiefen Schlaf war. Zuerst hatte sie mit einem unterdrückten Schrei herausgerufen, dass Madame Sin tot war, aber dann nannte sie es schlafen …

Keane ging sofort zu der zentralen Gestalt im Wohnzimmer – dem Körper von Madame Sin, die auf einem Sofa in der Nähe des Fensters lag. Die Frau war in einem blauen Negligé bekleidet, ihre wohlgeformten Beine waren nackt und ihre Arme und der Hals waren wie bleiches Elfenbein vor dem Hintergrund der blauen Seide. Ihre Augen waren nicht ganz geschlossen. Ihre Brust hob und senkte sich, sehr langsam, fast wie das Atmen einer mit Chloroform betäubten Person.

Keane berührte ihre nackte Schulter. Sie bewegte sich nicht. Es gab keine Veränderung in dem tiefen, langsamen Atmen. Er hob eines ihrer Augenlider an. Das Auge darunter starrte wie blind auf ihn, das Lid ging fast wieder vollkommen zusammen, als er seine Berührung beendete.

»In Trance«, sagte Keane. Und die tiefste, die ich je gesehen habe. Es ist ungefähr das, was ich erwartet hatte.

»Ich habe sie vorher schon einmal irgendwo gesehen«, sagte Beatrice.

Keane nickte. »Sie ist Statistin beim Film, die ab und zu für die Long Island Filmgesellschaft arbeitet. Aber ich bin nicht sehr an dieser wunderschönen Hülle interessiert, denn das ist alles, was sie im Moment ist – eine Hülle, leer und unmenschlich.«

»Wir schauen uns jetzt um und Sie geben mir ihre Eindrücke wider, und wir werden sehen, ob sie mit meinen übereinstimmen.«

Sie gingen zum Schlafzimmer des Appartements. Es entsprach dem Wohnzimmer, insofern, als sie beide unpersönlich waren, ein

Standardraum in einem großen Hotel. Aber dieses hier erschienen fast unglaublich unpersönlich. Es gab kein Bild, keinen Hauch eines femininen Einflusses. Im Badezimmer gab es kaum Toilettenartikel, und im Schrank gab es als Gepäckstücke nur einen kleinen Übernachtungs-Beutel und einen Koffer, und beiden waren nicht ganz ausgeräumt.

»Einen Eindruck, den ich bekomme«, sagte Beatrice, »dass niemand in diesen Räumen auch nur für vierundzwanzig Stunden gewohnt hat.«

Keane nickte. »Wenn Madame Sin sich hierher zurückgezogen hat, nur um in eine tiefe Trance zu fallen, und nicht aufgewacht ist, bis es Zeit für sie wurde, ihr Vorhaben durchzuführen, würden die Zimmer genau diesen Anblick bieten. Ich denke, das ist genau, was sie gemacht hat!«

Beatrice schaute flink durch die Garderobe von Madame Sin.

Keane durchsuchte die Kommode, den Tisch und die Schubladen des Sekretärs.

Er schaute sich nicht nach etwas Bestimmten um, sondern nur nach etwas, das sich als der endgültige Hinweis erweisen würde, der ihn mit Bestimmtheit zu dem unglaublichen Ziel führt, dem er seiner Überzeugung nach immer näher kam.

Er fand ihn obenauf im Koffer der Frau.

Seine Finger waren angespannt, als er ein Geschäftsdokument aufklappte. Es waren Kohlepapierdurchschläge, voll mit Zahlen. Ein Blick genügte, um ihm zu sagen, was das war.

Es war ein Duplikat des Finanzberichts der Blue Bay Entwicklungsgesellschaft – dieser Bericht, der streng geheim gehalten wurde und den niemand sehen durfte, ausgenommen die drei Offiziellen von Blue Bay und ein oder zwei Angestellte der Bank.

Keane ging an Madame Sins Telefon und holte sich Gest an den Hörer.

»Gest, können Sie mir sagen, ob Kroner und Chichester immer noch aus dem Hotel weg sind?«

Gests Stimme kam sofort zurück. »Kroner ist jetzt hier bei mir. Ich denke, Chichester ist immer noch in seinem Haus am Ocean Boulevard; jedenfalls ist er nicht im Hotel – «

»Ascott!«, sagte Betrice mit angespannter Stimme.

Keane hängte ein und drehte sich zu ihr hin.

»Die Frau – Madame Sin!«, sagte Beatrice und zeigte in Richtung der bewegungslosen, liebreizenden Gestalt auf dem Sofa.

»Ich glaube, ich habe gesehen, wie sie ein wenig ihre Augen geöffnet hat – ich dachte, sie schaut Sie an!«

Keane musste seinen Blick senken, um das plötzliche, entsetzte Funkeln in Augen von Beatrice zu erkennen.

»Sie haben sich wahrscheinlich geirrt«, sagte er beruhigend. »Sie haben wahrscheinlich nur gedacht, dass sie eine Bewegung ihrer Augenlider gesehen haben … «

Ich glaube, ich beende das jetzt hier.

Sie gehen zurück in die Suite und achten genau auf die Zeit. Wenn ich nicht in zwei Stunden hierher zurückgekommen bin, gehen Sie mit der Polizei ins Haus von Chichester, dem Finanzchef dieser unglücklichen Entwicklungsgesellschaft.

Und kommen Sie dann schnell, sagte er in einem Ton, der langsam das Blut aus dem gespannten Gesicht von Beatrice herausholte.

5. Die liebliche Maske des Todes

Chichesters Haus befand sich auf einem rechteckigen Rasenstück zwischen dem neuen Boulevard und dem Ufer der Bucht wie ein weißes Juwel in der Sonne.

Es sah wohlhabend aus, nüchtern und ruhig. Aber zumindest schien es mit dem für die Augen von Keane übernatürlichen Sargtuch bedeckt zu sein, das er in seinen Gedanken mit dem verhassten Doktor Satan verbunden hatte.

Er ging dem ausdruckslosen und friedlich aussehenden neuen Haus entgegen, mit dem Gefühl, als würde man sich einem Grab nähern.

»Ein Gefühl, das seine Berechtigung zu haben scheint«, dachte er sich. Er zuckte grimmig mit den Achseln, als er die Veranda erreichte.

Er konnte fühlen, wie sich das kurze Haar auf seinem Schädel sträubte, als er die Tür dieses Platzes erreichte, von dem er glaubte, er sei der letzte Schlupfwinkel eines Mannes, der sich damit amüsiert, sich Doktor Satan zu nennen. Und es sträubte sich noch mehr, als er den Türknopf ergriff.

Die Tür war unverschlossen.

Er schaute sich den Türknopf für mehrere Minuten an.

Ein Schloss hätte bei Keane kein Problem verursacht, und Doktor Satan wusste das genauso wie Keane selbst. Trotzdem, die Tür so weit wie jetzt offenzulassen, war fast zu entgegenkommend!

Er öffnete die Tür, trat ein und sammelte seine Kräfte gegen einen plötzlichen Angriff. Aber es kam kein Angriff.

Die vordere Halle, in der er sich wiederfand, war verlassen. In der Tat, das ganze Haus strahlte dieses seltsame, aufregende Gefühl aus, das man in einem Heim vorfindet, das im Moment unbewohnt ist.

Weiter hinten in der Halle befand sich ein offener, breiter Zugang. Keane schaute in diese Richtung. Er selbst hätte nicht erklären können, wie er das hätte wissen können, aber er tat es. Hinter diesem Zugang befand sich das, wofür gekommen ist, es zu finden. Er ging dorthin.

Hinter ihm öffnete sich wieder die Tür zur Straße, sehr langsam und vorsichtig. Ein Auge kam nahe an den sich öffnenden Spalt. Das Auge war dunkel, exotisch und liebreizend. Es ruhte auf dem Rücken von Keane.

Keane starrte durch den Zugang. Er blickte in eine Bibliothek, die durch die heruntergezogenen Jalousien verdunkelt war. Er betrat sie, und jedes

Nervenende in seinem Körper signalisierte still die Gefahr.

Die Tür zur Straße schloss sich sanft, nachdem eine Gestalt hereingekommen war, die sich auf lautlosen Füßen bewegte. Eine Frau mit einem Gesicht wie eine bleiche Blume auf einem äußerst feinen Hals. Madame Sin.

Ihr Gesicht war entspannt und lieblich wie immer. Nicht im Geringsten hatte es sich verändert. Und doch, eher unauffällig, ist es zu einer Maske des schönen Todes geworden. Ihre Augen waren das dunkle Feuer des Todes, als sie sich lautlos durch die Halle in Richtung der Bibliothek entlangbewegte. In ihrer zitternden Hand befand sich die Goldketten-Handtasche.

In der Bibliothek stand Keane mit klopfendem Herzen vor zwei starren und bewegungslosen Körpern, die auf dem dicken Teppich in der Nähe des flachen Pults lagen. Einer war verschrumpelt, dünn, ein wenig untersetzt mit einer trocken aussehenden Haut. Es war der Körper von

Chichester. Zuerst sah er wie eine Leiche aus, aber dann sah Keane, wie sich die Brust bewegte, mit langsamen, tiefen Atemzügen, genau wie die sich der Brustkorb der Frau dort in dem Hotel bewegt hatte.

Aber es war nicht diese Gestalt, die das Herz von Keane stärker schlagen und seine Hände verkrampfen ließ. Es war die andere.

Diese war eine größere Gestalt, die mit gefalteten Händen auf dem Rücken lag. Die Hände steckten in roten Handschuhen. Das Gesicht war durch eine rote Maske verdeckt und der Körper war durch einen roten Umhang verhüllt. Auf dem Kopf gab es zwei kleine Höcker, oder Ausbuchtungen, wie die Hörner von Lucifer. Doktor Satan selbst!

»Das ist meine Chance«, flüsterte Keane. »Satan, der seine Seele und seinen Verstand und seinen Geist aus seiner eignen Hülle in die von anderen schickt – Madame Sin – Chichester. Nun liegt sein Körper hier leer herum! Wenn ich diesen töten würde – «

Exotische, schöne dunkle Augen – mit dem Tod in ihrer Lieblichkeit – beobachteten ihn vom Zugang zur Bibliothek, als er sich über die Gestalt in dem roten Umhang beugte. Der sarkastische Tod in lieblichen Augen.

»Kein Wunder, dass Gest dachte, dass Wilson im Konferenzzimmer ermordet wurde, gerade bevor er etwas über das Roulette-Rad sagen konnte, so als wäre Doktor Satan selbst unter ihnen gewesen!«

»Satan war da! Und er war davor auch auf dem Dachgarten, und in dem Roulette-Zimmer!«

»Die Frau in Trance versetzen, den schwarzen Geist von Satan in ihr versammeln – und sie wird zu Madame Sin, und der Satan starrt durch ihre Augen und bewegt sich in ihrer Hülle und ihrem Fleisch!«

»Der unglücklichen Chichester in Trance versetzt – und Satan spricht mit Gest und Kroner als der Finanzchef von Blue Bay und kann dann Wilson vernichten, als er mit seinem Bericht kam.«

»Chichester und Madame Sin – beide Doktor Satan – werden zu leblosen, in Trance gehaltenen Hüllen, wenn die Seele von Doktor Satan sie verlassen hat!«

Aber hier war Satans körperliche Hülle, die im Koma zu seinen Füßen lag und mit einem Schlag getötet werden kann. Sein tödlicher Feind, der Feind der ganzen Menschheit, ihm hilflos ausgeliefert!

»Aber wenn ich den Körper töte«, flüsterte Keane, »werde ich auch den Geist töten oder ihn aus der stofflichen Welt verbannen, sodass die Menschheit nicht wieder gequält wird? Satans Geist, sein Wesentliches, ist weg, in einem anderen Körper.«

»Wenn ich diesen rot umhüllten Körper töte, wird es dabei auch den Geist aus der menschlichen Geschichte entfernen? Oder würde er ihm nur sein originales Gehäuse wegnehmen, sodass ich die Seele Satans in einem Körper nach dem anderen suchen müsste, wie ich ihn bis jetzt in fleischlicher Gestalt in Schlupfwinkel nach Schlupfwinkel gesucht habe?«

»Das wäre – fürchterlich!«

Er verdrängte diesen verbitterten Gedanken.

Es war wahrscheinlich, dass mit dem Tod dieses Körpers, Doktor Satan in seiner Gesamtheit sterben oder zumindest aus dem menschlichen Wissen verschwinden würde, durch den Ausgang genannt Tod.

Und der Mechanismus, ihn durch diesen Ausgang zu drängen, war, den Körper zu töten.

Hinter ihm schlich sich Madame Sin immer dichter auf lautlosen Füßen heran. Ihre roten Lippen verharrten in einem starren Lächeln. Die Goldketten-Handtasche war ein wenig in Richtung von Keane herausgestreckt.

Ihr Zeigefinger suchte nach dem beweglichen Stab, der die Winkel des seltsamen metallenen Käfigs darin veränderte.

Keanes Hände erhoben sich zum Schlag. Seine Augen waren auf die rot gekleidete Gestalt vor seinen Füßen gerichtet, dem Feind der Menschheit. Hinter ihm fanden die Finger von Madame Sin den kleinen Stab …

191

Erst dann fühlte Keane den übernatürlichen Unterschied, der durch den Eintritt eines anderen Wesens in einen Raum verursacht wird, in dem außer ihm niemand war. Eine andere Person hätte diesen Unterschied überhaupt nicht bemerkt, aber Keane hatte seine übernatürlichen Empfindungen trainiert, wie andere Männer ihren Bizeps trainieren.

Mit einem undeutlichen Schrei wirbelte er herum und sprang weit zur Seite.

Die Wand hinter ihm, wo er stand, war verschwunden, als die Goldketten-Handtasche immer noch in diese Richtung zeigte. Die Frau, die wie ein Tiger fauchte, schwang nun ihre Tasche in Richtung der neuen Position von Keane.

Aber Keane wartete nicht, er sprang auf sie zu. Seine Hand fasste ihr Handgelenk und er kämpfte darum, ihr sie abzunehmen.

Die Tasche drehte sich in ihre Richtung, dann zurück zu ihm, und der kleine Stab bewegte sich, da ihre Hand immer noch auf dieses Ding in ihrer Tasche drückte.

Die Wand hinter ihm, wo er stand, war verschwunden

Es war der Körper einer Frau, mit dem er kämpfte. Aber da war Stärke in dem schwachen Fleisch, die über die Stärke einer Frau hinausging! Es bedurfte all seiner stählernen Kraft, um ihr die Tasche, mit dem darin befindlichen Gerät aus ihrem Griff zu entreißen.

Als er sie hatte, hörte er den schrillen Schrei der Frau von Schmerz und Furcht und fühlte, wie sie in seinen Armen zusammensackte.

Dann hörte er Stimmen von hereinstürmenden Leuten. Er schaute sich um wie ein Schlafwandler, der plötzlich an einer Stelle war, unterschiedlich von der, wo er sich schlafen gelegt hatte. Dieser Vergleich war so zutreffend, dass er für einen Moment dachte, dass er wahr sei!

Er befand sich in einem ihm vertrauten Raum – Doktor Grays Zimmer im Blue Bay Hotel.

Auch die Leute um ihn waren ihm bekannt ...

Da war Gest, da waren Kroner und Doktor Grays und – Beatrice. Weiterhin der Polizeichef von Blue Bay und zwei seiner Männer.

Aber die schwache, feminine Gestalt, die er in seinen Armen hielt, war Madame Sin, die Furie, die er in Chichesters Bibliothek bekämpft hatte!

Und seine Hand war immer noch an der Goldketten-Handtasche, die er ihr entrissen hatte!

Die Frau in seinen Armen bewegte sich. Sie schaute ihn ausdruckslos an und blickte um sich. Ein Schrei kam von ihren Lippen.

»Wo bin ich? Wer seid Ihr alle? Was macht ihr in meinem Zimmer? Aber das ist nicht mein Zimmer!«

Ihr Gesicht sah verändert aus, jünger, weniger ungewöhnlich. Sie war nicht Madame Sin, sie war ein sich fürchtendes, verwirrtes Mädchen.

Keanes Verstand kam wieder in die Gänge und er verstand, was passiert war.

»Wo denken Sie, das Sie sich befinden?«, sagte er sanft. »Und wie ist ihr Name?«

»Ich bin Sylvia Crane«, sagte sie. »Und ich bin in einem Hotelzimmer in New York. Zumindest war ich das, wie ich mich zuletzt erinnere, als ich die Tür öffnete und der Mann mit der roten Maske hereinkam … «

Sie begrub ihr Gesicht in ihren Händen.

»Danach«, sagte sie – ich weiß nicht, was dann passiert ist – «

»Auch wir wissen das nicht«, stotterte Gest. »Um Himmels willen!, Keane, geben Sie uns irgendeine Idee, was da passiert ist, wenn Sie können.«

Es war eine Stunde später, als Beatrice und Keane in seine Suite zurückkamen. Es hatte sehr lange gedauert, den Leuten in Doktor Grays Zimmer alles zu erklären. Auch dann waren die Erklärungen nur bruchstückhaft, und das meiste davon wurde als verrückt betrachtet und stur nicht geglaubt, obwohl die Beweise da waren.

Die Schulter von Keanes war ein wenig gebeugt und sein Gesicht zeigte bittere Züge. Er hatte Doktor Satan aufgehalten, bei seinem Versuch, ein Vermögen aus dem Erholungsort herauszuholen, aber wieder einmal war ihm sein tödlicher Feind entwischt. Er hatte versagt.

Beatrice schüttelte ihren Kopf.

»Machen Sie nicht so ein Gesicht. Die Tatsache, dass Sie am Leben sind, ist ein Wunder und entschädigt für sein Entkommen. Sie hätten sich und das Mädchen sehen sollen, als die Polizei sie von Chichesters Haus zurückgebracht hatte!

Sobald man euch in das Zimmer des Doktors gebracht hatte, seid ihr wieder über euch hergefallen. Sie kämpften wieder um ihre Tasche, so wie es bereits im Haus von Chichester vor zehn Stunden getan hatten, wie Sie sagten.«

»Sie bewegten sich – aber in solch einer fürchterlichen Langsamkeit! Es war, als würde man sich einen Zeitlupenfilm ansehen. Sie brauchten ewig, um ihren Arm zu heben, ewig um ihr die Tasche aus der Hand zu nehmen, ewig um sich wieder selbst in einen normalen Zustand zu bringen. Und ihr Gesichtsausdruck veränderte sich genauso langsam … «

Ich kann ihnen nicht sagen, wie schrecklich das war!

»Das war alles wegen – wie ich schon sagte – diesem Ding hier«, seufzte Keane.

Er starrte auf den kleinen Metallkäfig, den er aus der Tasche genommen hatte.

»Das neueste Produkt von Doktor Satans verdrehter Genialität. Ein Zeit-Ableiter, ich denke, dass man ihn so nennen könnte.«

»Ich habe ihre Erklärungen im Grays Zimmer nicht verstanden, nachdem sie diese Leute aus ihrem schrecklichen Koma geholt hatten«, sagte Beatrice.

»Ich versuche es noch einmal«, sagte Keane.

Keane hielt die geometrische Konstruktion hoch.

»Man hat die Zeit mit einem Fluss verglichen. Wir wissen nicht genau, was sie ist, aber es scheint so, dass der Vergleich mit dem Fluss geeignet ist.«

»Nun gut, wir und alles um uns herum schwimmt auf diesem Fluss mit der gleichen Geschwindigkeit. Wenn es in dem Fluss unterschiedliche Strömungen gäbe, könnten wir das Schauspiel erleben, dass wir diejenigen, die nahe bei uns sind, sich mit der Geschwindigkeit eines Blitzes oder mit der Langsamkeit einer

Schnecke bewegen sehen, so wie ihre Zeitumgebung sich von unserer unterscheidet.«

»Normalerweise gibt es einen solchen Unterschied nicht, aber mit diesem fantastischen Ding ist es Doktor Satan gelungen, das künstlich herbeizuführen.«

»Es hat mehrere Winkelstellungen errechnen können, die, wenn sie sich gegenüber stehen, wie diese geometrische Konstruktion ihnen selbst gegenübersteht, den Zeitstrom entweder beschleunigen oder verlangsamen lassen, worauf immer er gerichtet ist.«

»Der letzte Winkel wird durch diesen beweglichen Stab geformt, in seiner Relation zur Gesamtheit. Durch eine Bewegung desselben kann die Zeit unendlich verzögert oder beschleunigt werden.«

»Diese bizarre Konstruktion hat er in dieser Weise angewandt:

In New York hatte er eine recht unschuldige Person namens Sylvia Crane kontaktiert. Er hatte sie hypnotisiert und seinen Geist in ihren Körper hineingebracht, während der ihre im Schwebezustand gehalten wurde.«

»Dann meldete sich Madame Sin hier an. Sie lernte Weems kennen.«

»Auf dem Dachgarten richtete sie die höllische Konstruktion auf ihn, mit dem kleinen Stab, der so gestellt war, dass er die Zeit verzögert. Der Effekt war, dass Weems plötzlich mit enorm reduzierter Geschwindigkeit lebte und sich bewegte. Es brachte ungefähr vierundzwanzig Stunden, um sein Champagnerglas an seine Lippen zu bringen, obwohl er dachte, es wären nur Sekunden.«

»Unsere Handlungen waren dagegen vergleichsweise so schnell, dass er sie in seinem Bewusstsein überhaupt nicht registriert hat.«

»Er bestätigte mir, nachdem ich ihn mit diesem Gerät aus seinem ungewöhnlichen Zeitzustand herausgeholt hatte, dass es ihm so vorkam, als würde er gerade sein Glas auf dem Dachgarten erheben und dann damit begann es zu senken, als er sich plötzlich im Schlafzimmer von Doktor Grey wiederfand.«

Er wusste nicht, wie er dort hingelangt ist, noch sonst irgendetwas.«

»Es war genauso mit den neun Personen aus dem Roulette-Zimmer. Sie kamen zur normalen Geschwindigkeit zurück, nur eine oder zwei Sekunden nach dem Zeitpunkt, an dem sie in diesem Raum verzögert wurden.

Es waren aber Stunden für uns, und in der Zwischenzeit erschienen sie vollkommen bewegungslos.

»Wie, um alles in der Welt, haben Sie einen Hinweis auf solche Dinge wie diese bekommen?«

»Die Uhr von Weems gab mir einen Fingerzeig.

Sie war in Ordnung, wie der Juwelier sagte, aber sie wollte nicht laufen. Nun, sie ist gelaufen – aber mit einer Geschwindigkeit, die so gering war, dass man das nicht feststellen konnte.«

»Das Roulette-Rad war eine andere Sache. Die Elfenbeinkugel ist nicht an der Seite des Rads heruntergerollt, weil sich das Rad mit der Kugel drehte – mit unendlicher Langsamkeit, nachdem es durch das gleiche Gerät verzögert wurde, das die Leute wie eingefrorene Stauen hat erscheinen lassen.«

»Satan, in der Gestalt von Madame Sin, konnte nichts wegen des Rads machen. Aber er, oder sie, konnten die Uhren von allen Betroffenen mitnehmen – und taten es auch – um sich vor Entdeckung zu schützen. Es gab jedoch keine Möglichkeit, an die Uhr von Weems zu gelangen, denn da waren stets Leute darum herum.«

»Sie haben gesagt, dass Doktor Satan in den Körper von Chichester gelangt ist, wie er es auch bei dem Mädchen gemacht hat«, sagte Beatrice.

»Ja. Ich dachte das, als ich beobachtete, dass er und Madame Sin niemals zur gleichen Zeit in Erscheinung getreten waren. Und natürlich auch deswegen, weil die Summe der Barreserven von Blue Bay so genau bekannt war.«

»Und dann wurde mir auch einiges klar, als Wilson in dem Zimmer getötet wurde, wo die drei Offiziellen gesessen haben. Er wurde durch Chichester getötet, der in diesem Moment von der Seele des Satans gesteuert wurde. Er wurde, nebenbei gesagt, durch eine Beschleunigung der Zeit getötet.«

»Der restlichen Leute wurden nur verzögert und hatten keinen weiteren Schaden als einen Nervenschock. Wilson aber wurde getötet, als die Geschwindigkeit seines Zeitstroms mit einer Million multipliziert wurde.

»Man kann ein Herz verlangsamen, ohne es zu verletzen, aber man kein Herz so plötzlich beschleunigen, oder irgendeine andere Maschine, ohne es zerplatzen zu lassen. Das ist es, warum sein Herz so ausgesehen hat, als wäre es in seiner Brust explodiert.«

Keane hielt inne. Sein bitterer Blick in seinen Augen verstärkte sich. »Das Versagen war allein meine Schuld«, sagte er leise. »Ich wusste, als ich das Duplikat des Finanzberichts in Madame Sins Räumen gefunden hatte, dass es eine Falle war, die mich in das Haus von Chichester locken sollte. Doktor Satan wäre nie so unvorsichtig gewesen, eine solche Sache unbeaufsichtigt herumliegen zu lassen.«

»Obwohl ich wusste, dass es eine Falle war, bin ich hineingegangen und habe den seelenlosen Körper von Doktor Satan gefunden. Wenn ich ihn nur sofort zerstört hätte … «

»Ich habe aber noch nicht einmal davon geträumt, dass Madame Sin mir so schnell folgen würde.«

Die Hand von Beatrice berührte flüchtig die von Keane. Er schaute auf die geometrische Konstruktion und sah nicht den Blick in ihren Augen.

»Die Welt kann dem Himmel danken, dass Sie am Leben sind«, sagte sie sanft. »Wenn Sie tot wären, dann könnte Doktor Satan die Welt beherrschen – «

Es klopfte an der Tür. Gest war in der Halle.

»Keane«, sagte er. »Ich nehme an, das wird sich wie eine Kleinigkeit anhören, nach alledem, was Sie für uns getan haben.«

»Sie haben uns vor dem Bankrott bewahrt und auch – der Herrgott weiß, wie viel – Menschen vor einem lebendigen Tod gerettet, mit dieser Zeitgeschichte, die Sie uns erklärt haben.«

»Nun, da gibt es noch eine Sache. Die Arbeiter im Haus von Chichester sagen uns, dass sie eine der Wände in der Bücherei nicht mehr errichten können, die aus irgendeinem Grund nicht existiert. Das gibt es den Raum, wo eine Wand fehlt, und sie kann nicht verschlossen werden! Nehmen Sie an, dass – «

Keane nickte, wobei sich ein wenig von seiner Bitterkeit von einem Lächeln abgelöst wurde.

»Ich erinnere mich. Der Zeit-Ableiter war für einen Augenblick auf die Wand gerichtet, als ich und das Mädchen kämpften. Augenscheinlich war er auf maximale Beschleunigung eingestellt, um mein Herz zum Platzen zu bringen, wie es bei Wilson der Fall war. Es erwischte die Wand in der Bibliothek, die verschwunden ist, denn an diesem Punkt in der Zukunft, der praktisch sofort erreicht worden ist, gibt es keine Bibliothek oder Haus oder irgendetwas anderes mehr an dieser Stelle.«

Ich werde sie wieder zurück in die Gegenwart und in ihre Existenz bringen, sodass sie keine physikalische Unmöglichkeit haben, die sie nervösen Gästen vom Blue Bay Ferienort erklären müssten.

»Und danach«, fügte er noch für sich selbst dazu, »werde ich diese Erfindung der Hölle zerstören. Ich hoffe, dessen Zerstörung wird gleichzeitig auch seinen Erfinder vernichten – bevor er sich ein neues und sogar schrecklicheres Spielzeug ausdenkt.«

Am nächsten Tag verließ ein langes, geschlossenes Auto das große Hotel von Blue Bay ...